ALVIN SCHWARTZ

Halk mizahı, halk yaşamı ve halk kültürünün diğer yönleri hakkında gençlere yönelik on beşten fazla kitabın yazarıdır. Ayrıca el sanatları, müzeler ve şehir yaşamı gibi çeşitli konularda da yazdı. 1992 yılında, 64 yaşında hayata gözlerini yumduğunda geride bir eş ve dört çocuk bıraktı.

Korkunç Öyküler 1: Karanlıkta Anlatılacak Korkunç Öyküler

Alvin Schwartz
Orijinal Adı: *Scary Stories 1: Scary Stories to Tell in the Dark*

İthaki Yayınları - 1995
Karanlık Kitaplık - 46

Yayın Yönetmeni: *Alican Saygı Ortanca*
Sanat Yönetmeni: *Hamdi Akçay*

Dizi Editörü: *Emre Aygün & Yankı Enki*
Yayıma Hazırlayan: *Ömer Ezer*
Düzelti: *Yankı Enki*
Kapak Tasarımı: *Hamdi Akçay*
Kapak İllüstrasyonu: *Ebrahel Lurci*
Sayfa Düzeni ve Baskıya Hazırlık: *Mehmet Büyükturna*
2. Baskı, Mart 2022, İstanbul

ISBN: 978-625-8475-14-2

Sertifika No: 46603

İthaki™ Penguen Kitap-Kaset Bas. Yay. Paz. Tic. A.Ş.'nin tescilli markasıdır.
Caferağa Mah. Neşe Sok. 1907 Apt. No: 31 Moda, Kadıköy - İstanbul
Tel: (0216) 348 36 97 Faks: (0216) 449 98 34
editor@ithaki.com.tr – www.ithaki.com.tr – www.ilknokta.com

Kapak, İç Baskı: Deniz Ofset Matbaacılık
Maltepe Mah. Hastane Yolu Sok. No: 1/6, Zeytinburnu - İstanbul
Tel: (0212) 613 30 06 denizmatbaamucellit@gmail.com
Sertifika No: 48625

karanlık kitaplık

Alvin Schwartz

Korkunç Öyküler 1

Karanlıkta Anlatılacak Korkunç Öyküler

Çeviren
Eren Abaka

ithaki

Dinah'ya

Tuhaf ve Korkutucu Şeyler

Atalarımız kendilerini eğlendirmek için korkunç öyküler anlatırdı. Gece birinin kulübesinde ya da bir ateşin başında toplanıp kimin en korkutucu olduğunu anlamaya çalışırlardı.

Kasabamdaki bazı kızlar ve oğlanlar da bugün aynı şeyi yapıyor. Birinin evinde bir araya geliyor, ışıkları kapatıp patlamış mısır yiyor ve birbirlerinin ödünü koparıyorlar.

Korkunç öyküler anlatmak insanların binlerce yıldır yaptığı bir şey çünkü çoğumuz bu şekilde korkmaktan *hoşlanıyoruz.* Ortada bir tehlike olmadığından bunun eğlenceli olduğunu düşünüyoruz.

Anlatılacak bir sürü korkunç öykü var. Hayalet öyküleri. Cadı, şeytan, öcü, zombi ve vampir öyküleri. Korkunç yaratıklar ve diğer tehlikeli şeyler hakkında masallar. Hatta tüm bu korkunçluğa bizi güldüren öyküler bile var.

Bunların bazıları çok eski, dünyanın dört bir tarafında anlatılıyor. Dahası çoğunun çıkış noktası aynıdır. İnsanların gördükleri, duydukları ya da yaşadıkları –ya da öyle olduklarını düşündükleri– şeylere dayanırlar.

Çok uzun yıllar evvel genç bir prens anlatmaya başladığı ama bitiremediği korkunç bir öyküyle meşhur oldu. Gencin adı Mamillius'tu, muhtemelen dokuz ya da on yaşlarındaydı. William Shakespeare ondan *Kış Masalı*'nda bahsetmişti.

Karanlık bir kış gününde kraliçe annesi ondan bir öykü anlatmasını istedi.

"Kış için en iyisi hüzünlü bir masaldır," dedi çocuk. "Cinler ve periler hakkında bir masalım var."

"Cinlerinizle beni korkutmak için elinizden geleni yapın," dedi kadın. "Bu konuda iyisiniz."

"Usulca anlatacağım," dedi çocuk. "Şu çekirgeler duymasın."

Ve, "Kilise bahçesinde yaşayan bir adam varmış," diye anlatmaya başladı. Ama çocuk buraya kadar gelebildi. Çünkü o anda kral içeri girip kraliçeyi tutukladı ve onu alıp götürdü. Ve bundan kısa süre sonra Mamillius öldü. O öyküsünü nasıl bitirirdi kimse bilmiyor. Onun gibi başlasaydınız, ne anlatırdınız?

Çoğu korkunç öykü, tabii ki, anlatılmak içindir. Bu şekilde daha korkutucu olurlar. Ama onları *nasıl* anlattığınız da önemlidir.

Mamillius'un bildiği gibi en iyi yol alçak sesle konuşmaktır, bu sayede dinleyicileriniz kelimelerinizi yakalamak için öne eğilirler ve usulca konuşursanız bu sayede sesiniz korkutucu olur.

Ve bu öyküleri anlatmak için en iyi vakit gecedir. Karanlıkta ve kasvette, dinleyen birinin her türlü tuhaf ve korkutucu şeyi hayal etmesi kolaydır.

Princeton, New Jersey
Alvin Schwartz

"Aaaaaaaaaah!"

Bu bölüm arkadaşlarınızı korkudan yerinden SIÇRATMAK için kullanabileceğiniz "sıçratan öyküler" ile dolu.

Ayak Başparmağı

Bir çocuk, bir ayak başparmağı gördüğünde bahçenin kenarını kazıyordu. Onu çıkarmaya çalıştı ama bir şeye takılmıştı. Bu yüzden sertçe çektiğinde kopup elinde kaldı. Sonra bir şeyin inlediğini duydu ve kaçıp uzaklaştı.

Çocuk bu parmağı mutfağa götürdü, annesine gösterdi. "Güzel ve tombul görünüyor," dedi kadın. "Çorbaya koyacağım, akşam yemeğinde yeriz."

Gece babası o ayak başparmağını üçe böldü, böylece her birinin bir parçası oldu. Sonra yemeklerini yediler, hava kararınca da yatmaya gittiler.

Çocuk neredeyse hemen uykuya daldı. Ama gece yarısı bir gürültü onu uyandırdı. Sokakta bir şey vardı. Bu bir sesti, çocuğa sesleniyordu.

"Benim baaaaaaşparmağım nerede?" diye sızlanıyordu.

Çocuk bunu duyduğunda çok korktu. Ama düşündü, "O şey nerede olduğumu bilmiyor. Beni asla bulamaz."

Sonra sesi bir kez daha duydu. Şimdi daha yakındı.

"Benim baaaaaaşparmağım nerede?" diye sızlanıyordu.

Çocuk yorganını başının üstüne çekip gözlerini kapattı. "Uyuyacağım," diye düşündü. "Uyandığımda o gitmiş olacak."

Ama az sonra arka kapının açıldığını işittiğinde yine o sesi de duydu.

"Benim baaaaaaşparmağım nerede?" diye sızlanıyordu.

Sonra çocuk mutfaktan yemek odasına, oradan oturma odasına,

oradan girişe ilerleyen ayak seslerini duydu. Sonra yavaşça merdivenin basamaklarını çıktılar.

Daha da yaklaştılar. Az sonra üst kat koridorundaydılar. Şimdi de kapısının önündeydiler.

"Benim baaaaaaşparmağım nerede?" diye sızlandı ses.

Çocuğun kapısı açıldı. Ayak sesleri karanlıkta yavaşça yatağına doğru ilerlerken korkuyla titreyerek dinledi. Sonra ayak sesleri durdu.

"Benim baaaaaaşparmağım nerede?" diye sızlandı ses.

(Bu noktada durun. Yanınızdaki kişiye doğru atılın ve bağırın:)

"O SENDE!"

"Ayak Başparmağı"nın başka bir sonu daha var.

Çocuk, parmağını arayan sesi duyduğunda şöminede acayip görünüşlü bir yaratıkla karşılaşır. Çocuk o kadar korkar ki hareket edemez. Orada öylece durup gözlerini ona diker.

En sonunda sorar: "Ni-ni-niçin bu kadar büyük gözlerin var?"

Ve yaratık cevaplar: "Sana baştan aşağı bakmak için."

"Ni-ni-niçin bu kadar büyük pençelerin var?"

"Mezarınıııı kazmaaaaak için."

"Ni-ni-niçin bu kadar büyük bir ağzın var?"

"Seni bütüüüncene yutmak için."

"Ni-ni-niçin bu kadar keskin dişlerin var?"

"KEMİKLERİNİ KITIR KITIR YEMEK İÇİN!"

(Son satırı söylediğinizde aniden arkadaşlarınızdan birine saldırın.)

Yürüyüş

Bir gün amcam ıssız bir toprak yolda yürüyordu. O yolda yürüyen başka bir adamla karşılaştı. Adam amcama baktı, amcam da adama baktı. Adam amcamdan korkuyordu, amcam da o adamdan korkuyordu.

Ama yürümeye devam ettiler ve karanlık çökmeye başladı. Adam amcama baktı, amcam da adama baktı. Adam amcamdan *çok* korkuyordu, amcam da o adamdan *çok* korkuyordu.

Ama yürümeye devam ettiler ve büyük bir ormana geldiler. Karanlık çöküyordu. Ve adam amcama baktı, amcam da adama baktı. Adam amcamdan *gerçekten* korkuyordu, amcam da o adamdan *gerçekten* korkuyordu.

Ama yürümeye devam ettiler ve ormanın derinliklerine ilerlediler. Karanlık çöküyordu. Ve adam amcama baktı ve amcam da adama baktı. Adam amcamdan *feci* korkuyordu, amcam da o adamdan *feci...*

(Şimdi ÇIĞLIK at!)

"Ne İçin Geldin?"

Tek başına yaşayan yaşlı bir kadın vardı, çok yalnızdı. Bir gece mutfakta otururken, "Ah, keşke bir misafirim olsaydı," dedi.

O daha demeye kalmamıştı ki şöminenin bacasından aşağı etleri çürümüş bir çift ayak yuvarlanıverdi. Yaşlı kadının gözleri dehşetle kocaman açıldı.

Sonra iki bacak şömine zeminine düştü ve kendilerini ayaklara bağladı.

Sonra bir vücut yere yuvarlandı, sonra da iki kol ve bir insan kafası.

Yaşlı kadın izlerken parçalar birleşip büyük, sırık gibi bir adam hâline geldi. Adam odada döne döne dans etti. Daha hızlı ve daha hızlı devam etti. Sonra durup kadının gözlerinin içine baktı.

"Ne için geldin?" diye sordu kadın sarsılmış ve titrek küçük bir sesle.

"Ne için mi geldim?" dedi adam. "Ben – SENİN için geldim!"

(Son kelimeleri haykırırken ayağınızı yere vurun ve yakındaki birine doğru atılın.)

Ben Düğüm Ce-Sur Ölü!

Her gece bacadan kanlı bir başın düştüğü hayaletli bir ev vardı. En azından insanlar böyle söylerdi. Bu yüzden kimse geceleyin orada kalmazdı.

Sonra zengin bir adam bunu kim yaparsa ona iki yüz dolar vereceğini söyledi. Ve çocuğun biri, köpeği yanında olursa bunu deneyeceğini söyledi. Böylece her şey ayarlandı.

Ertesi gece çocuk, köpeğiyle birlikte eve gitti. Ortamı neşelendirmek için şöminede ateş yaktı. Sonra ateşin önüne oturdu ve bekledi, köpeği de onunla birlikte bekliyordu.

Bir süre hiçbir şey olmadı. Ama gece yarısından kısa bir süre sonra ormanda birisinin usulca, üzgün bir şarkı söylediğini duydu. Şarkı şöyle bir şey gibiydi:

"Ben düğüm ce-sur ölü!"

"Sadece biri şarkı söylüyor," dedi çocuk kendi kendine ama korkmuştu.

Sonra köpeği bu şarkıya yanıt verdi! Usulca, üzücü bir şarkı söyledi:

"Linçi kinci koli moli dingo dingo!"

Çocuk kulaklarına inanamıyordu. Köpeği daha önce tek kelime etmemişti. Birkaç dakika sonra o şarkıyı tekrar duydu. Şimdi daha yakın ve daha yüksek sesliydi ama sözler aynıydı:

"Ben düğüm ce-sur ölü!"

Çocuk bu sefer köpeğinin cevap vermesini engellemeye çalıştı. Şarkı söyleyen kişi her kimse bunu duyacağından ve peşlerinden geleceğinden korkuyordu.

Ama köpeği aldırış etmedi, yine şarkı söyledi:

"Linçi kinci koli moli dingo dingo!"

Yarım saat sonra çocuk şarkıyı tekrar duydu. Şimdi arka bahçeden geliyordu, şarkı aynıydı:

"Ben düğüm ce-sur ölü!"

Çocuk yine köpeğini susturmaya çalıştı. Ama köpek daha da yüksek sesle şarkı söyledi:

"Linçi kinci koli moli dingo dingo!"

Kısa süre sonra çocuk şarkıyı tekrar duydu. Şimdi bacadan geliyordu:

"Ben düğüm ce-sur ölü!"

Köpek hemen şarkıya karşılık verdi:

"Linçi kinci koli moli dingo dingo!"

Aniden bacadan kanlı bir kafa düştü. Ateşi ıskaladı ve hemen köpeğin yanına yuvarlandı. Köpek bir kez baktı ve devrildi – korkudan ölmüştü.

Kafa döndü ve çocuğa baktı. Yavaşça ağzını açtı ve...

(Arkadaşlarından birine dön ve çığlık at:)

"AAAAAAAAAAH!"

Leeds'te Yaşayan Bir Adam

Bazıları bu şiirin hiçbir anlamı olmadığını söylüyor. Diğerleriyse bundan o kadar emin değil.

Leeds'te yaşayan bir adam vardı;
Bahçesini tohumlarla doldururdu.
Ve tohumlar büyümeye başladığında,
Karla kaplı bir bahçe gibiydi.
Ama kar erimeye başladığında,
Zırhsız bir gemi gibiydi.
Ve gemi yelken açmaya başladığında,
Kuyruksuz bir kuş gibiydi.
Ve kuş uçmaya başladığında,
Gökyüzünde bir kartal gibiydi.
Ve gökyüzü kükremeye başladığında,
Kapımdaki aslan gibiydi.
(Şimdi sesinizi alçaltın.)
Ve kapı aralanmaya başladığında,
Sırtımda bir çakı gibiydi.
Ve sırtım kanamaya başladığında...
(Tüm ışıkları söndürün.)
Ben ölüydüm, ölüydüm, *sahiden* ölüydüm!
(Arkadaşlarınıza doğru atılın ve çığlık atın:)
"AAAAAAAAAH!"

Bir Deri Bir Kemik Yaşlı Kadın

Bir deri bir kemik yaşlı bir kadın vardı
Mezarlığın yakınında tek başına yaşardı.
O-o o-o-o-o!
Bir gün kiliseye gitmeye niyet etti
Papazın vaazını dinlemek ve dua etmek için.
O-o o-o-o-o!
Ve kilisenin merdivenine geldiğinde
Bir süre durup dinlenmeye niyet etti.
O-o o-o-o-o!
Kapıya geldiğinde
Durup biraz daha dinlenmeye niyet etti.
O-o o-o-o-o!
Ama dönüp etrafına baktığında
Yerde bir ceset gördü.
O-o o-o-o-o!
Burnundan çenesine
Solucanlar dışarı çıkıp solucanlar içeri giriyordu.
O-o o-o-o-o!
Kadın, vaize şöyle dedi:
"Öldüğümde böyle mi görüneceğim?"
O-o o-o-o-o!
Vaiz, kadına dedi ki:
"Öldüğünde böyle görüneceksin!"
(Şimdi çığlık atın:)
"AAAAAAAAAAH!"

BODRUM MERDİVENLERİNDEN GELEN AYAK SESLERİNİ DUYDU...

Bu bölümde hayaletler var.
Biri gerçek bir insan olarak geri geliyor.
Başka biri katilinden intikam alıyor.
Ve diğer tuhaf şeyler de oluyor.

Şey

Ted Martin ve Sam Miller iyi arkadaşlardı. Birlikte çok zaman geçirirlerdi. O gece, postanenin yakınındaki bir çitin üzerinde oturup oradan buradan konuşuyorlardı.

Yolun karşısında bir turp tarlası vardı. Aniden bir şeyin tarladan sürünerek çıktığını ve ayağa kalktığını gördüler. Bir adama benziyordu ama karanlıkta kesin olarak söylemek zordu. Sonra yok oldu.

Ama bir süre sonra tekrar ortaya çıktı. Yolun ortasına kadar yürüdü sonra döndü ve tarlaya geri gitti.

Sonra üçüncü kez ortaya çıktı ve onlara doğru ilerlemeye başladı. O âna dek Ted ve Sam zaten korkmuşlardı, koşmaya başladılar. Ama nihayet durduklarında aptallık ettiklerine karar verdiler. Onları neyin korkuttuğundan emin bile değildiler. Böylece geri dönüp daha iyi bakmaya karar verdiler.

Onlarla tanışmak için geldiğinden çok geçmeden onu gördüler. Siyah pantolon, beyaz gömlek ve siyah pantolon askısı giyiyordu.

"Ona dokunmaya çalışacağım. O zaman gerçek olup olmadığını anlarız," dedi Sam.

Ona doğru yürüdü ve yüzüne dikkatle baktı. Kafasının derinliklerine gömülmüş delici, parlak gözleri vardı. Bir iskelete benziyordu.

Ted bir kez baktı ve çığlık attı, yine o ve Sam koştular ama bu sefer iskelet onları takip ediyordu. Ted'in evine ulaştıklarında kapıda durdular ve onu izlediler. Bir süre uzakta, yolda kaldı. Sonra ortadan kayboldu.

Bir yıl sonra Ted hastalanıp öldü. Hastalığının son zamanlarında Sam her gece onunla oturdu. Ted'in öldüğü gece, Sam onun tıpkı o iskelete benzediğini söyledi.

Kil Kadar Soğuk

Bir çiftçinin dünyadaki her şeyden daha çok değer verdiği bir kızı vardı. Kız, Jim adında bir çiftçiye âşık oldu ama çiftçi, Jim'in kızı için yeterince iyi olduğunu düşünmüyordu. İkisini ayırmak için kızını eyaletin diğer ucundaki amcasının yanında yaşamaya gönderdi.

O gittikten kısa bir süre sonra Jim hastalandı, günden güne eriyip öldü. Herkes onun kalp kırıklığından öldüğünü söyledi. Çiftçi, Jim'in ölümünden o kadar suçluluk duydu ki olanları kızına anlatamadı. Genç kız, Jim'i ve birlikte yaşayacakları hayatı düşünmeye devam ediyordu.

Haftalar sonra bir gece amcasının kapısı çalındı. Kız kapıyı açtığında Jim karşısında duruyordu.

"Baban seni almamı istedi," dedi genç adam. "Onun en iyi atıyla geldim."

"Bir sorun mu var?" diye sordu kız.

"Bilmiyorum," dedi genç adam.

Genç kız birkaç eşyasını yanına aldı, yola çıktılar. Atta Jim'in arkasında oturuyordu, onun beline sarılmıştı. Genç adam bir süre sonra baş ağrısından şikâyet etti. "Kafamda korkunç bir ağrı var," dedi kıza.

Genç kız elini onun alnına koydu. "Aa, kil kadar soğuksun," dedi. "Umarım hasta değilsindir," ve mendilini onun başına doladı.

O kadar hızlı yolculuk yaptılar ki birkaç saat içinde çiftliğe ulaştılar. Kız hemen indi ve kapıyı çaldı. Babası onu görünce şaşırdı.

"Beni sen çağırtmadın mı?" diye sordu.

"Hayır, ben çağırmadım," dedi babası.

Genç kız, Jim'e döndü ama o gitmişti ve at da. Onları aramak için ahıra gittiler. At oradaydı. Terle kaplıydı ve korkuyla titriyordu. Ama Jim'den iz yoktu.

Dehşete düşen babası ona Jim'in ölümü hakkındaki gerçeği söyledi. Sonra hızla Jim'in ailesini görmeye gitti. Mezarını açmaya karar verdiler. Ceset tabutundaydı. Ama başında genç kızın mendili sarılıydı.

Beyaz Kurt

French Creek çevresinde bozkurtlar kontrolden çıkmıştı. O kadar çok kurt vardı ki çiftçiler onların sığırlarını ve koyunlarını öldürmelerini engelleyemiyordu. Böylece devlet başlarına ödül koydu. Teslim ettikleri her kurt postu için avcılara on dolar ödenecekti.

Kasabadaki Bill Williams adındaki bir kasap bunun iyi para olduğunu düşündü. Kasaplığı bıraktı ve kurtları öldürmeye başladı. Bu işte iyiydi. Her yıl beş yüzden fazla kurdu öldürdü. Bu beş bin dolardan fazla ediyordu. O günlerde epey bir paraydı.

Dört beş yıl sonra, Bill o kadar çok kurt öldürmüştü ki o bölgede neredeyse hiç kurt kalmamıştı. Böylece emekli oldu ve kurtlar onu zengin ettiği için bir daha asla başka bir kurda zarar vermeyeceğine dair yemin etti.

Sonra bir gün bir çiftçi beyaz bir kurdun iki koyununu katlettiğini bildirdi. Ona ateş etmiş ve vurmuştu ama kurşunların hiçbir etkisi olmamıştı. Kısa süre sonra bu kurt tüm taşrada öldürürken ve kaçarken görüldü. Ama kimse onu durduramıyordu.

Bir gece Bill'in bahçesine geldi ve ineğini öldürdü. Bill, başka bir kurda asla zarar vermeme kararını unuttu. Ertesi sabah kasabaya gitti ve yem olarak genç bir kuzu aldı. Onu tepelere çıkardı ve bir ağaca bağladı. Sonra yaklaşık elli metre uzaklaştı ve başka bir ağacın altına oturdu. Silahı kucağında bekliyordu.

Bill geri dönmeyince arkadaşları onu aramaya başladı. Sonunda kuzuyu buldular. Hâlâ bir ağaca bağlıydı. Açtı ama yaşıyordu. Sonra Bill'i buldular. Hâlâ diğer ağacın altında oturuyordu ama ölmüştü. Boğazı parçalanmıştı.

Ama boğuşma belirtisi yoktu. Silahı ateşlenmemişti. Ve etrafındaki toprakta hiç iz yoktu. Beyaz kurda gelince, bir daha hiç görülmedi.

Hayaletli Ev

Bir keresinde bir vaiz, bölgesindeki evlerden birine bir hayaleti kovmak için gitti. Ev yaklaşık on yıldır hayaletliydi. Birkaç kişi gece orada kalmaya çalışmıştı ama hep hayaletten korkarlardı.

Böylece bu vaiz Kitabı Mukaddes'ini yanına aldı ve o eve gitti, kendine bir ateş yakıp bir lambayı aydınlattı. Orada oturup Kitabı Mukaddes'i okudu. Sonra gece yarısından hemen önce bodrumda bir şeyin hareket ettiğini duydu – ileri geri, ileri geri yürüyordu. Sonra biri çığlık atmaya çalışıyormuş gibi geldi ve ses boğuldu. Sonra bir sürü gürültü patırtı ve mücadele sesi oldu, en sonunda her şey sessizleşti.

Yaşlı vaiz Kitabı Mukaddes'ini tekrar eline aldı ama okumaya başlamadan önce bodrum merdivenlerinden çıkan ayak seslerini duydu. Bodruma giden kapıyı izleyerek oturdu, ayak sesleri yaklaşmaya devam ediyordu. Kapı kolunun döndüğünü gördü, kapı açılmaya başladığında birden ayağa fırladı ve bağırdı, "Ne istiyorsun?"

Kapı kolayca geri kapandı, hiç ses yoktu. Vaiz biraz titriyordu ama sonunda Kitabı Mukaddes'i açıp bir dua okudu. Sonra kalkıp kitabı sandalyeye koydu ve ateşi canlandırmaya gitti.

Sonra hayalet yeniden yürümeye başladı ve –adım!–adım!–adım!– bodrum merdivenlerinden yukarı çıktı. Yaşlı vaiz oturup kapıyı izledi, kapı kolunun döndüğünü ve kapının açıldığını gördü. Bu genç bir kadına benziyordu. Vaiz geri geri gitti ve "Sen de kimsin? Ne istiyorsun?" dedi.

Hayalet ne yapacağını bilmiyormuş gibi sallandı – sonra birden gözden kayboldu. Yaşlı vaiz bekledi, bekledi ve artık hiç ses duymayınca oraya gidip kapıyı kapattı. Terliyordu ve zangır zangır titriyordu ama cesur bir adamdı ve bu işi bitirebileceğini düşünüyordu. Böylece sandalyesini izleyebileceği bir noktaya koydu, oturdu ve bekledi.

Kısa bir süre sonra hayaletin yeniden hareket ettiğini duydu, yavaş yavaş –adım!–adım!–adım!–adım!– daha yakın ve daha yakın –adım!–adım!–adım!–adım!– ve tam kapının önündeydi.

Vaiz ayağa kalktı ve uzatıp Kitabı Mukaddes'ini önünde tuttu. Sonra kapının kolu yavaşça döndü, kapı ardına kadar açıldı. Bu sefer vaiz alçak sesle konuştu. "Baba, Oğul ve Kutsal Ruh adına – kimsin ve ne istiyorsun?" dedi.

Hayalet odanın karşısına, doğruca ona doğru geldi ve ceketini tuttu. Yirmi yaşlarında genç bir kadındı bu. Saçları yoluk ve karmakarışıktı, yüzündeki deri çekilmişti, bu yüzden adam kemikleri ve dişlerinin bir kısmını görebiliyordu. Gözküreleri yoktu ama gözçukurlarında bir tür mavi ışık vardı. Ve yüzünde burnu yoktu.

Sonra kadın konuşmaya başladı. Esen rüzgârla sesi gelip gidiyor gibiydi. Sevgilisinin onu nasıl parası için öldürdüğünü ve bodruma gömdüğünü anlattı. Vaiz kemiklerini bulup onu düzgün bir şekilde gömerse huzur bulabileceğini söyledi.

Sonra sol elinin serçeparmağının uç eklemini almasını ve bir sonraki kilise toplantısında bağış kabına koymasını söyledi – böylece vaiz onu kimin öldürdüğünü bulacaktı.

Ve dedi ki: "Sonrasında buraya bir kez daha gelirsen – gece yarısı sesimi duyacaksın, sana paramın nereye saklandığını söyleyeceğim, onu kiliseye bağışlayabilirsin."

Hayalet yorgunmuş gibi iç çekti, zemine doğru battı ve gitti. Vaiz onun kemiklerini buldu ve onları mezarlığa gömdü.

Ertesi pazar vaiz parmak kemiğini bağış kabına koydu ve bir adam ona dokunduğunda eline yapıştı. Adam sıçradı ve kemiği çekiştirdi, kazıdı ve koparmaya çalıştı. Sonra deliriyormuş gibi çığlık attı. Böylece cinayeti itiraf etti, onu hapse attılar.

Adam asıldıktan sonra vaiz bir gece yarısı o eve gitti ve hayaletin sesi ona şömine taşının altını kazmasını söyledi. Adam dediğini yapıp büyük bir para çuvalı buldu. Ve hayaletin ceketini tuttuğu yerde, o kemikli parmakların izi yanarak doğruca kumaşın içine işledi. Bir daha hiç çıkmadı.

Misafirler

Genç bir adam, annesini ziyaret etmek için karısıyla bir yolculuğa çıktı. Genellikle akşam yemeği zamanında ulaşırlardı. Ama yola geç düşmüşlerdi, şimdi de hava kararıyordu. Bu yüzden gece kalmak ve yollarına sabah devam etmek için bir yer aramaya karar verdiler.

Yolun hemen kenarında, ormanda küçük bir ev gördüler. "Belki odalarını kiralarlar," dedi karısı. Böylece sormak için durdular.

Kapıyı yaşlı bir adam ile kadın açtı. Oda kiralamadıklarını söylediler. Ancak onları misafirleri olarak bir geceliğine ağırlamaktan memnun olurlardı. Bolca odaları vardı, eşliklerinden zevk alırlardı.

Yaşlı kadın kahve yaptı, biraz kek getirdi ve dördü bir süre sohbet etti. Sonra genç çift odalarına götürüldü. Bir kez daha bunun karşılığını ödemek istediklerini açıkladılar ama yaşlı adam para kabul etmeyeceğini söyledi.

Genç çift ertesi sabah ev sahipleri uyanmadan önce erkenden kalktı. Ön kapının yanındaki masaya içinde biraz para olan bir zarf bıraktılar. Ardından bir sonraki kasabaya devam ettiler.

Bir restoranda durdular ve kahvaltı ettiler. Restoran sahibine nerede kaldıklarını söylediklerinde adam şok oldu.

"Bu mümkün değil," dedi. "O ev yanıp kül oldu, orada yaşayan adam ile kadın da yangında öldü."

Genç çift buna inanamadı. Böylece eve geri döndüler. Ancak şimdi ev yoktu. Buldukları tek şey küle dönmüş bir bina iskeletiydi.

Ne olduğunu anlamaya çalışarak kalıntılara bakıyorlardı. Sonra kadın çığlık attı. Molozun içinde çok kötü yanmış bir masa vardı, tıpkı ön kapının yanında gördüklerine benziyordu. O masanın üzerinde sabah bıraktıkları zarf duruyordu.

GÖZLERİNİ YERLER, BURNUNU YERLER

Her tür şey hakkında korkunç öyküler var. Bu bölümde anlatılanlar bir mezar, bir cadı, yüzmeyi seven bir adam, bir av gezisi ve bir pazar sepeti hakkında. Ayrıca solucanların bir cesedi yedikleri bir öykü var – senin cesedin.

Cenaze Arabası Şarkısı

Cenaze arabası geçerken sakın gülme.
Çünkü sıradaki ölecek kişi sen olabilirsin.
Seni büyük beyaz bir çarşafa sararlar
Başından ayaklarına kadar.
Seni büyük bir kara kutuya koyarlar
Seni toprak ve kayalarla örterler.
Yaklaşık bir hafta her şey yolunda gider.
Sonra tabutun sızdırmaya başlar.
Solucanlar sürünerek girer, solucanlar sürünerek çıkar,
Solucanlar burnunda bezik oynar.
Gözlerini yerler, burnunu yerler.
Ayak parmaklarının arasındaki pelteyi yerler.
Gözleri fırıl fırıl dönen büyük yeşil bir solucan
Sürünerek midene girer ve gözlerinden çıkar.
Miden yeşil bir sümüğe döner.
Ve iltihap krema gibi akar.
Bunu bir dilim ekmeğin üzerine yayarsın.
Ve öldüğünde yediğin şey budur.

Mezarın Üstünde Duran Kız

Bir gece birkaç erkek ve kız bir partideydi. Sokağın aşağısında bir mezarlık vardı, ne kadar korkutucu olduğundan bahsediyorlardı.

"Hava karardıktan sonra asla bir mezarın üzerinde durma," dedi çocuklardan biri. "Mezarın içindeki kişi seni yakalar. Seni aşağı çeker."

"Bu doğru değil," dedi kızlardan biri. "Bir batıl inanç sadece."

"Bir mezarın üstünde durursan sana bir dolar veririm," dedi çocuk.

"Mezar beni korkutmaz," dedi kız. "Şimdi yapacağım."

Oğlan ona bıçağını uzattı. "Bu bıçağı mezarlardan birine sapla," dedi. "O zaman orada olduğunu anlarız."

Mezarlık gölgelerle doluydu ve ölüm kadar sessizdi. "Korkacak bir şey yok," dedi kız kendi kendine ama yine de korkmuştu.

Bir mezar seçti ve üzerinde durdu. Sonra hızla eğildi ve bıçağı toprağa sapladı, oradan ayrılmaya başladı. Ama kaçamadı. Bir şey onu engelliyordu! İkinci kez gitmeyi denedi ama hareket edemedi. Dehşete düşmüştü.

"Bir şey beni yakaladı!" diye bağırdı ve yere düştü.

Kız geri dönmeyince diğerleri onu aramaya gitti. Cesedini mezarın üstüne uzanmış hâlde buldular. Farkında olmadan bıçakla eteğini delmiş, onu yere sabitlemişti. Onu tutan sadece bıçaktı. Kız korkudan ölmüştü.

Yeni Bir At

İki çiftlik işçisi bir odayı paylaşıyordu. Biri odanın arka tarafında uyuyordu. Diğeri kapının yanında uyuyordu. Bir süre sonra kapının yanında uyuyan kişi günün erken saatlerinde kendini yorgun hissetmeye başladı. Arkadaşı sorunun ne olduğunu sordu.

"Her gece korkunç bir şey oluyor," dedi. "Bir cadı beni bir ata çeviriyor ve beni tüm kırsalda sürüyor."

"Bu gece senin yatağında uyuyacağım," dedi arkadaşı. "Bana ne olacağını göreceğiz."

Gece yarısı civarı yakınlarda yaşayan yaşlı bir kadın odaya girdi. Adama garip sözler mırıldandı ve işçi hareket edemediğini fark etti. Sonra yaşlı kadın ona bir dizgin attı, adam bir ata dönüştü.

Bir de baktı ki yaşlı kadın onu tarlalarda dörtnala sürüyor, daha da hızlı gitmesi için ona vuruyordu. Az sonra parti yapılan bir eve geldiler. Bir sürü müzik ve dans vardı. İçeride çok iyi vakit geçiriyorlardı. Kadın onu bir çite bağladı ve içeri girdi.

O gidince çiftlik işçisi dizgin çıkıncaya kadar çite sürtündü, böylece bir insana dönüştü.

Sonra eve girdi ve cadıyı buldu. O tuhaf sözleri kadına söyledi, dizginle *onu* bir ata çevirdi. Sonra onu bir demirciye kadar sürdü ve nal taktırdı. Sonrasında kadını yaşadığı çiftliğe sürdü.

"Burada çok iyi bir kısrak var," dedi kadının kocasına, "ama benim daha güçlü bir ata ihtiyacım var. Takas yapmak ister misiniz?"

Yaşlı adam ona baktı, yapacağını söyledi. Böylece başka bir at seçtiler, çiftlik işçisi atın üstünde uzaklaştı.

Kadının kocası yeni atını ahıra götürdü. Dizginini çıkardı ve asmaya gitti. Ama geri döndüğünde yeni at gitmişti. Onun yerinde, ellerine ve ayaklarına çivilenmiş at nallarıyla karısı duruyordu.

Timsahlar

Kasabada genç bir kadın, ülkenin başka bir yerinden bir adamla evlendi. İyi bir adamdı, çok iyi anlaştılar. Sadece tek bir sorun vardı. Adam her gece nehirde yüzmeye gidiyordu. Bazen bütün gece boyunca giderdi, genç kadın ne kadar yalnız olduğundan şikâyet ederdi.

Bu çiftin iki küçük oğlu vardı. Oğlanlar yürümeye başlar başlamaz babaları onlara yüzmeyi öğretmeye başladı. Yeterince büyüdüklerinde geceleri onları nehirde yüzmeye götürdü. Genellikle bütün gece orada kalırlardı, genç kadın ise evde tek başına kalırdı.

Bir süre sonra kadın tuhaf davranmaya başladı – en azından komşularının söylediği buydu. Kadın onlara kocasının bir timsaha dönüştüğünü, oğlanları da timsaha dönüştürmeye çalıştığını söyledi.

Herkes ona bir adamın oğullarını yüzmeye götürmesinde yanlış bir şey olmadığını söyledi. Bu, doğal bir davranıştı. Ve timsahlara gelince, yakınlarda hiç timsah yoktu. Bunu herkes bilirdi.

Bir sabah erken saatlerde genç kadın nehir tarafından koşarak kasabaya geldi. Sırılsıklam olmuştu. Büyük bir timsah ile iki küçük timsahın onu suya çektiğini ve ona çiğ balık yedirmeye çalıştıklarını söyledi. Onların kocası ile oğulları olduğunu ve onlarla yaşamasını istediklerini söyledi. Ama kaçmayı başarmıştı.

Doktoru kadının aklını kaçırdığına karar verdi, onu bir süreliğine hastaneye yatırdı. Bundan sonra kimse ne kocasını ne de çocuklarını bir daha gördü. Öylece ortadan kayboldular.

Ama arada sırada bir balıkçı geceleri nehirde timsah gördüğünden bahsederdi. Genellikle bir büyük ve iki küçük timsah olurdu. Ama insanlar sadece uydurduklarını söylerdi. Buralarda timsah olmadığını herkes bilir.

Bir Kişilik Daha Yer

Joseph Blackwell adında bir adam bir iş gezisi için Philadelphia'ya geldi. Şehir dışında büyük bir evleri olan arkadaşlarında kaldı. O gece ziyareti sırasında güzel vakit geçirdiler. Ama Blackwell yatmaya gittiğinde, bir o yana bir bu yana dönüp durdu ve uyuyamadı.

Gece bir ara bir arabanın garaj yoluna girdiğini duydu. Bu kadar geç bir vakitte kimin geldiğini görmek için pencereye gitti. Ay ışığında insanlarla dolu, uzun ve siyah bir cenaze arabası gördü.

Cenaze arabasının sürücüsü ona baktı. Blackwell onun tuhaf, çirkin yüzünü görünce ürperdi. "Bir kişilik daha yer var," diye şoför ona seslendi. Sonra bir iki dakika bekleyip gitti.

Sabah Blackwell olanları arkadaşlarına anlattı. "Rüya görmüşsün," dediler.

"Öyle olmalıyım," dedi adam, "ama bir rüya gibi görünmüyordu."

Kahvaltıdan sonra Philadelphia'ya gitti. Günü şehrin yukarısındaki yeni ofis binalarından birinde geçirdi.

Akşama doğru onu sokağa geri götürmesi için bir asansör bekliyordu. Ama asansör geldiğinde çok kalabalıktı. Yolculardan biri dışarı baktı ve ona seslendi. "Bir kişilik daha yer var," dedi. Bu, cenaze arabasının şoförüydü.

"Hayır, teşekkürler," dedi Blackwell. "Bir sonrakine binerim."

Kapılar kapandı, asansör aşağı inmeye başladı. Feryat ve çığlıklar, sonra da bir çarpma sesi geldi.

Asansör, asansör boşluğunun dibine düşmüştü. İçindeki herkes öldü.

Wendigo

Zengin bir adam çok az insanın avlandığı Kanada'nın kuzeydeki bir kısmında ava çıkmak istedi. Bir taşra pazarına gitti ve onu götürmesi için bir rehber bulmaya çalıştı. Ama bunu kimse yapmıyordu. Bunun çok tehlikeli olduğunu söylediler.

Sonunda paraya çok ihtiyacı olan bir Amerikan Yerlisi buldu, adam onu götürmeyi kabul etti. Yerlinin adı DéFago idi.

Donmuş, kocaman bir gölün yakınında karın üstünde kamp kurdular.

Üç gün boyunca avlandılar ama ellerinde hiçbir şey yoktu. Üçüncü gece bir fırtına çıktı. Çadırlarında uzanıp rüzgârın uğultusunu ve ağaçların şiddetle sallanmasını dinlediler.

Fırtınayı daha iyi görebilmek için avcı çadır kapağını açtı. Gördüğü şey onu korkuttu. Ne bir esinti ne de karmaşa vardı, ağaçlar da tamamen hareketsiz duruyordu.

Yine de rüzgârın uğultusunu duyabiliyordu. Ve ne kadar çok dinlerse o kadar çok DéFago'nun adını söylüyormuş gibi geliyordu.

"De-faaaaaaaaay-go!" diyordu. "De-faaaaaaaaay-go!"

"Aklımı kaybediyor olmalıyım," diye düşündü avcı.

Ama DéFago uyku tulumundan çıkmıştı. Çadırın bir köşesine sığışmış, başını kollarına gömmüştü.

"Tüm bunlar ne böyle?" diye sordu avcı.

"Hiçbir şey değil," dedi DéFago.

Ancak rüzgâr adını söylemeye devam etti. DéFago daha gergin ve daha huzursuz hâle geldi.

"De-faaaaaaaaay-go!" diyordu. "De-faaaaaaaaay-go!"

Aniden ayağa fırladı, çadırdan kaçmaya başladı. Ancak avcı onu yakalayıp yere itti.

"Beni burada bırakamazsın," diye bağırdı avcı.

Sonra rüzgâr yeniden seslendi, DéFago kendini kurtardı ve karanlığa koştu. Avcı, o giderken çığlık attığını duyabiliyordu. "Ah, alevli ayaklarım, benim ateşle yanan ayaklarım..." diye tekrar tekrar haykırdı. Sonra sesi duyulmaz oldu, rüzgâr da durdu.

Şafakta avcı, DéFago'nun izlerini karda takip etti. Ormanın içinden geçip göle doğru gidiyorlardı, sonra buzun üstünde devam ettiler.

Ama avcı çok geçmeden tuhaf bir şey fark etti. DéFago'nun attığı adımlar gittikçe daha uzun oluyordu. Öyle uzunlardı ki hiçbir insan onları atamazdı. Sanki bir şey aceleyle uzaklaşmasına yardım etmişti.

Avcı izleri gölün ortasına kadar takip etti ama orada kayboldular. Başta DéFago'nun buzun içine düştüğünü sandı ama ortada herhangi bir delik yoktu. Sonra bir şeyin onu buzdan gökyüzüne çektiğini düşündü. Ama bu hiç mantıklı değildi.

Ne olduğunu merak ederek ayağa kalktı, rüzgâr yeniden hızlandı. Çok geçmeden önceki gece olduğu gibi ulumaya başladı. Sonra DéFago'nun sesini duydu. Yukarıdan geliyordu, sonra yine DéFago'nun çığlık attığını duydu, "... Alevli ayaklarım, yanan ayaklarım..." Ama görecek bir şey yoktu.

Avcı orayı olabildiğince hızlı terk etmek istedi. Kampa geri döndü ve eşyalarını topladı. Sonra DéFago için biraz yiyecek bırakıp yola çıktı. Haftalar sonra medeniyete ulaştı.

Ertesi yıl yine o bölgede avlanmak için geri döndü. Bir rehber aramak için aynı taşra pazarına gitti. Oradaki insanlar o gece DéFago'ya ne olduğunu açıklayamıyordu. Ama o zamandan beri onu görmemişlerdi.

"Belki de Wendigo'ydu," dedi biri ve güldü. "Rüzgârla birlikte gelmiş olmalı. Ayakların yanana kadar seni çok hızlı sürükler ama seni o kadarla bırakmaz. Sonra seni gökyüzüne çıkarır ve aşağı bırakır. Bu sadece delice bir öykü ama bazı Yerliler bunu anlatır."

Birkaç gün sonra avcı tekrar taşra pazarındaydı. Bir Yerli geldi ve ateşin yanında oturdu. Etrafına bir battaniye sarılıydı, şapkası da vardı, bu nedenle yüzünü göremiyordu. Avcı, onda tanıdık gelen bir şey olduğunu düşündü.

Yanına gitti ve sordu, "Sen DéFago musun?"

Yerli cevap vermedi.

"Onun hakkında bir şey biliyor musun?"

Cevap yok.

Adamın yardıma ihtiyacı olup olmadığını merak etmeye başladı. Ama yüzünü göremiyordu.

"İyi misin?" diye sordu.

Cevap yok.

Ona bir bakmak için Yerlinin şapkasını kaldırdı. Sonra çığlık attı. Şapkanın altında kül yığınından başka bir şey yoktu.

Ölü Adamın Beyni

Bu korkunç öykü insanların Cadılar Bayramı'nda oynadığı korkunç bir oyun. Ama canınız ne zaman isterse oynanabilir.

Oyuncular karanlık bir odada çember şeklinde otururlar ve bir cesedin çürüyen kalıntılarını tarif eden anlatıcıyı dinlerler. Her parça hissetmeleri için odada elden ele dolaştırılır.

Bir versiyonunda eğer oyuncu korkuyla çığlık atarsa veya soluğu kesilirse oyundan çıkar. Başka bir versiyonda ise ne kadar korktuklarının önemi olmadan herkes sonuna kadar kalır.

İşte öykü şöyle:

Bu kasabada bir zamanlar Brown adında bir adam yaşıyordu. Yıllar evvel bu gece kasten öldürüldü.

Burada onun kalıntıları var.

İlk önce beynini hissedelim. (Islak, yumuşak bir domates)

İşte gözleri, hâlâ şaşkınlıkla bakakalmış. (İki soyulmuş üzüm)

Bu, onun burnu. (Bir tavuk kemiği)

İşte kulağı. (Bir kuru kayısı)

Ve işte eli, çürüyen et ve kemiği. (Çamur veya buzla dolu bir bez veya lastik eldiven)

Ama saçları hâlâ uzuyor. (Bir avuç mısır püskülü veya ıslak post veya yün iplik)

Ve kalbi hâlâ atıyor, bazen. (Bir parça çiğ karaciğer)

Ve kanı hâlâ akıyor. Parmaklarını içine batır. Hoş ve sıcak. (Ilık suyla seyreltilmiş bir kâse kakao)

Bu solucanlar hariç hepsi bu. Geri kalanını onlar yedi. (Bir avuç ıslak, pişmiş çubuk makarna)

"Sepetinizi Taşıyayım Mı?"

Sam Lewis akşamı arkadaşının evinde satranç oynayarak geçirdi. Oyunlarını bitirdiklerinde gece yarısıydı, eve gitmek üzere yola çıktı. Dışarısı buz gibi soğuktu ve mezar kadar sessizdi.

Yolda bir köşeyi dönerken önünde yürüyen bir kadın görünce şaşırdı. Üstüne beyaz bir bez örtülmüş bir sepet taşıyordu. Ona yetiştiğinde kim olduğunu görmek için baktı. Ama soğuk yüzünden o kadar çok sarıp sarmalanmıştı ki yüzünü görmek zordu.

"İyi akşamlar," dedi Sam. "Bu geç vakitte burada ne işiniz var?"

Ama kadın cevap vermedi.

Sonra Sam, "Sepetinizi taşıyayım mı?" dedi.

Kadın sepeti ona verdi. Bezin altından gelen küçük bir ses, "Çok naziksiniz," dedi ve bunu vahşi bir kahkaha takip etti.

Sam o kadar şaşırdı ki sepeti düşürdü – ve bir kadın kafası dışarı yuvarlandı. Kafaya baktı ve kadına gözlerini dikti. "Bu *onun* kafası!" diye bağırdı. Koşmaya başladı, kadın ile başı da onu kovalamaya girişti.

Çok geçmeden kafa ona yetişti. Havaya sıçradı ve dişlerini sol bacağına geçirdi. Sam acıyla çığlık attı ve daha hızlı koştu.

Ama kadın ve başı hemen arkasındaydı. Kısa süre sonra baş tekrar havaya sıçradı ve diğer bacağını ısırdı. Sonra gittiler.

DİĞER TEHLİKELER

Bu kitaptaki korkunç öykülerin çoğu yıllar boyunca nesilden nesile aktarıldı. Ama bu bölümdekiler sadece yakın zamanda anlatıldı. Bunlar gençlerin bugünkü hayatlarımızda karşılaştığımız tehlikeler hakkında sıklıkla anlattıkları öykülerdir.

Kanca

Donald ve Sarah sinemaya gittiler. Sonra Donald'ın arabasıyla gezmeye çıktılar. Kasabanın sınırındaki bir tepede park ettiler. Oradan vadinin baştan aşağı tüm ışıklarını görebiliyorlardı.

Donald radyoyu açtı ve müzik ayarladı.

Ancak bir spiker bir haber bülteniyle araya girdi. Bir katil eyalet hapishanesinden kaçmıştı. Bir bıçağı vardı ve yaya hâlde güneye gidiyordu. Sol eli yoktu. Onun yerine bir kanca takıyordu.

"Pencereleri kapatalım ve kapıları kilitleyelim," dedi Sarah.

"İyi bir fikir," dedi Donald.

"O hapishane çok uzakta değil," dedi Sarah. "Belki de gerçekten eve gitmeliyiz."

"Ama saat sadece on," dedi Donald.

"Saatin kaç olduğu umurumda değil," dedi genç kız. "Eve gitmek istiyorum."

"Bak Sarah," dedi Donald, "buraya kadar tırmanmayacaktır. Bunu neden yapsın ki? Yapsa bile tüm kapılar kilitli. İçeri nasıl girecek?"

"Donald, o kancayı alıp bir pencereyi kırabilir ve kapıyı açabilir," dedi genç kız. "Korkuyorum. Eve gitmek istiyorum."

Donald sinirlendi. "Kızlar her zaman bir şeyden korkarlar," dedi.

O, arabayı çalıştırırken Sarah birisinin ya da bir şeyin arabanın kapısını tırmaladığını duyduğunu sandı.

Onlar hızla uzaklaşırken, "Bunu duydun mu?" diye sordu. "Biri içeri girmeye çalışıyor gibiydi."

"Ah, eminim," dedi Donald.

Az sonra Sarah'nın evine ulaştılar.

"İçeri gelip biraz sıcak kakao içmek ister misin?" diye sordu genç kız.

"Hayır," dedi genç adam. "Eve gitmeliyim."

Genç kızın kapısını açmak için arabanın diğer tarafına gitti Donald. Kapı koluna asılı bir kanca vardı.

Beyaz Saten Gece Elbisesi

Genç bir adam, genç bir kadını bir baloya davet etti. Ama genç kadın çok fakirdi, böyle özel bir olay için ihtiyacı olan gece elbisesini almaya maddi gücü yetmiyordu.

"Belki bir elbise kiralayabilirsin," dedi annesi. Böylece yaşadığı yerden çok da uzakta olmayan bir rehinci dükkânına gitti. Orada kendi bedeninde beyaz saten bir gece elbisesi buldu. Bu elbiseyle güzel görünüyordu, çok düşük bir ücrete kiralayabildi.

Arkadaşıyla dansa geldiğinde o kadar çekici olmuştu ki herkes onunla tanışmak istedi. Tekrar tekrar dans etti ve harika vakit geçirdi. Ama sonra başı dönmeye ve hâlsiz hissetmeye başladı, arkadaşından onu eve götürmesini istedi. "Çok dans ettim sanırım," dedi genç kız ona.

Eve geldiğinde yatağına uzandı. Ertesi sabah annesi kızının öldüğünü fark etti. Doktor, onun ölümüne neyin sebep olduğunu çözemedi. Bu yüzden adli tabibe otopsi yaptırdı.

Adli tabip genç kızın tahnit sıvısıyla zehirlendiğini buldu. Bu, kanının akışını durdurmuştu. Elbisesinin üzerinde o sıvıdan izler vardı. Tabip, genç kız dans ederken terlediğinde bu sıvının cildinden girdiğine kanaat getirdi.

Rehinci elbiseyi bir cenazecinin yardımcısından aldığını söyledi. Başka bir genç kadın için bir cenazede kullanılmıştı, yardımcı ise o gömülmeden hemen önce elbiseyi çalmıştı.

Uzun Farlar

Eski mavi sedanı kullanan kız lisede son sınıf öğrencisiydi. Yaklaşık on üç kilometre uzakta bir çiftlikte yaşıyordu ve sağa sola gitmek için bu arabayı kullanırdı.

O gece bir basketbol maçı seyretmek için kasabaya gelmişti. Şimdi eve dönüyordu. Okuldan ayrılırken kırmızı bir kamyonun onu otoparktan beri takip ettiğini fark etti. Birkaç dakika sonra kamyon hâlâ arkasındaydı.

"Galiba aynı yöne gidiyoruz," diye düşündü.

Aynada kamyonu izlemeye başladı. O hızını değiştirdiğinde kamyonun sürücüsü de hızını değiştirdi. Bir arabayı geçtiğinde o da geçti.

Sonra kamyon uzun farlarını açtı, arabasını ışıkla doldurdu. Onları neredeyse bir dakika açık bıraktı. "Muhtemelen beni geçmek istiyor," diye düşündü genç kız. Ama huzursuz olmaya başlamıştı.

Genelde eve arabayla arka yoldan gelirdi. Çok fazla insan o tarafa gitmezdi. Ama o yola girdiğinde kamyon da girdi.

"Ondan uzaklaşmalıyım," diye düşündü genç kız, daha hızlı sürmeye başladı. Sonra kamyon şoförü uzun farlarını tekrar açtı. Bir dakika sonra kapattı. Sonra onları tekrar açıp kapattı.

Genç kız daha da hızlı sürdü ancak kamyon şoförü peşinden ayrılmadı. Sonra uzun farlarını tekrar açtı. Bir kez daha genç kızın arabası ışıkla parladı. "Bu ne yapıyor?" diye merak etti. "Ne istiyor?" Sonra kamyon şoförü uzunlarını tekrar kapattı. Ama bir dakika sonra tekrar açtı, öyle bıraktı.

Sonunda genç kız garaj yolunda arabasını durdurdu, kamyon da tam arkasında durdu. Genç kız arabadan atladı ve eve koştu. "Polisi ara!" diye babasına bağırdı. Garaj yolunda kamyonun sürücüsünü görebiliyordu. Elinde bir silah vardı.

Polis geldiğinde adamı tutuklamaya koyuldu ama o kızın arabasını gösterdi. "Beni istemiyorsunuz," dedi. "Onu istiyorsunuz."

Sürücü koltuğunun arkasında çömelmiş bıçaklı bir adam vardı.

Kamyonun şoförünün dediğine göre, adam okuldan ayrılmadan hemen önce kızın arabasına gizlice girmişti. Şoför bunu görmüştü ama onu durdurmasının bir yolu yoktu. Polise gitmeyi düşünmüş ama genç kızı bırakmaya korkmuştu. Böylece arabasını takip etmişti.

Arka koltuktaki adam onu etkisiz hâle getirmek için her uzandığında, kamyonun şoförü uzun farlarını yakmıştı. Böylece adam da birinin onu görmesinden korkarak aşağıda kalmıştı.

Bebek Bakıcısı

Akşam saat dokuzdu. Herkes televizyonun önündeki kanepede oturuyordu. Richard, Brian, Jenny ve bebek bakıcısı Doreen oradaydı.

Telefon çaldı.

"Belki annenizdir," dedi Doreen. Telefonu açtı. O tek kelime bile edemeden bir adam histerik bir şekilde güldü ve telefonu kapattı.

"Kimdi o?" diye sordu Richard.

"Çatlağın teki," dedi Doreen. "Ne kaçırdım?"

Dokuz buçukta telefon tekrar çaldı. Doreen cevapladı. Daha önce arayan adamdı. "Yakında orada olacağım," dedi, güldü ve telefonu kapattı.

"Kimdi o?" diye sordu çocuklar.

"Delinin biri," dedi genç kız.

Saat on gibi telefon tekrar çaldı. Jenny herkesten önce davrandı.

"Alo," dedi.

Aynı adamdı. "Bir saat daha," dedi, güldü ve telefonu kapattı.

"'Bir saat daha,' dedi bir adam. Ne demek istedi?" diye sordu Jenny.

"Endişelenme," dedi Doreen. "Birileri dalga geçiyor."

"Korkuyorum," dedi Jenny.

On buçuk civarı telefon bir kez daha çaldı. Doreen açtığında, adam "Hemen şimdi," dedi ve güldü.

"Bunu neden yapıyorsun?" diye bağırdı Doreen ve telefonu kapattı.

"Yine o adam mıydı?" diye sordu Brian.

"Evet," dedi Doreen. "Operatörü arayacağım ve şikâyet edeceğim."

Operatör ona böyle bir şey bir daha olursa tekrar aramasını ve aramayı takip etmeye çalışacaklarını söyledi.

Saat on birde telefon tekrar çaldı. Doreen cevapladı. "Şimdi çok yakında," dedi adam, güldü ve telefonu kapattı.

Doreen operatörü aradı. Neredeyse hemen geri arandı. "Bu kişi üst kattaki bir telefondan arıyor," dedi. "Oradan ayrılsanız iyi olur. Ben polise haber veriyorum."

Tam o sırada üst katta bir kapı açıldı. Daha önce hiç görmedikleri bir adam merdivenlerden onlara doğru indi.

Onlar evden kaçarlarken adam tuhaf bir biçimde gülümsüyordu. Birkaç dakika sonra polis onu orada buldu ve tutukladı.

"AAAAAAAAAAAH!"

Bu bölüm, birinci bölümle aynı başlığa sahip.
Ama birinci bölümdeki öyküler sizi korkutmak içindi.
Bu bölümdekiler sizi güldürmek için.

Can Silici

Dul bir kadın bir apartmanın en üst katında tek başına yaşıyordu. Bir sabah telefonu çaldı.

"Alo," dedi.

"Ben can silici," dedi bir adam. "Bekleyin."

"Biri dalga geçiyor," diye düşündü kadın ve telefonu kapattı.

Yarım saat sonra telefon tekrar çaldı. Arayan aynı adamdı.

"Ben can silici," dedi. "Az kaldı."

Dul kadın ne düşüneceğini bilmiyordu ama korkmaya başlamıştı.

Telefon bir kez daha çaldı. Yine arayan oydu. "Çok yakında," dedi.

Kadın hızla polisi aradı. Hemen geleceklerini söylediler. Kapı zili çaldığında kadın rahatlayarak içini çekti. "İşte geldiler!" diye düşündü.

Ama kapıyı açtığında karşısında elinde kova ve bezle küçük bir yaşlı adam duruyordu. "Ben can silici," dedi. "Kirli canlarınızı yıkanak ve silnek istiyorun."

Tavan Arası

Rupert adında bir adam köpeğiyle beraber ormanın derinliklerindeki bir evde yaşıyordu. Rupert bir avcı ve tuzakçıydı. Köpek, büyük bir Alman çoban köpeğiydi ve adı Sam'di. Rupert onu yavruyken alıp büyütmüştü.

Rupert neredeyse her sabah ava çıkardı, Sam de geride kalıp evi korurdu. Bir sabah Rupert tuzaklarını kontrol ederken evde bir şeylerin ters gittiğini hissetti.

Elinden geldiğince hızlı geri döndü ama oraya vardığında Sam'in ortada olmadığını gördü. Evi ve yakındaki ormanı aradı ama Sam hiçbir yerde yoktu. Seslendi ve seslendi ama köpek cevap vermedi. Rupert günlerce Sam'i aradı ama ondan hiçbir iz bulamadı.

Sonunda pes etti ve işine geri döndü. Ama bir sabah tavan arasında bir şeyin hareket ettiğini duydu. Silahını aldı. "Sessiz olsam iyi olur," diye düşündü sonra.

Bu yüzden botlarını çıkardı. Ve çıplak ayaklarıyla tavan arası merdivenlerini tırmanmaya başladı. Yavaşça bir adım attı –sonra diğerini–sonra diğerini, ta ki sonunda tavan arasına ulaşana kadar.

Dışarıda durup dinledi ama hiçbir şey duymadı.

Sonra kapıyı açtı ve–

"AAAAAAAAAAH!"

(Bu noktada anlatıcı bitirmiş gibi durur. Sonra genellikle birisi, "Rupert neden çığlık attı?" diye sorar.

Anlatıcı yanıtlar: "Çıplak ayakla bir çiviye bassaydın sen de çığlık atardın.")

Kaygan Di

Kaygan Di,
Denizden geldi

Diğerlerini yedi,
Ama beni yemedi

Kaygan Di,
Denizden geldi

Diğerlerini yedi,
Ama beni yeme-
Ş-A-P-I-R-T...

Aaron Kelly'nin Kemikleri

Aaron Kelly ölmüştü. Bir tabut aldılar ve bir cenaze töreni düzenleyip onu gömdüler.

Ama o gece tabutundan çıktı ve eve geldi. O içeri girdiğinde ailesi ateşin etrafında oturuyordu.

Dul eşinin yanına oturdu ve "Neler oluyor? Biri ölmüş gibi davranıyorsunuz. Kim öldü?" dedi.

"Sen öldün," dedi dul eşi.

"Kendimi ölü gibi hissetmiyorum," dedi. "İyi hissediyorum."

"İyi görünmüyorsun," dedi dul eşi. "Ölü görünüyorsun. Ait olduğun mezara geri dönsen iyi olur."

"Öldüğümü hissedene kadar mezara geri dönmeyeceğim," dedi.

Aaron mezarına geri dönmediği için dul eşi hayat sigortasını alamadı. O olmadan tabutun parasını ödeyemedi. Cenazeci de tabutu geri alacağını söyledi.

Aaron umursamadı. Ateşin yanında bir sallanan sandalyede oturup ellerini ve ayaklarını ısıttı. Ama eklemleri kuruydu ve sırtı sertti, her hareket ettiğinde gıcırdıyor ve çatırdıyordu.

Bir gece kasabadaki en iyi kemancı dul kadınla arkadaşlık etmeye geldi. Aaron öldüğünden beri kemancı onunla evlenmek istiyordu. İkisi ateşin bir tarafında, Aaron ise gıcırdayıp çatırdayarak diğer tarafında oturdu.

"Bu cesede daha ne kadar tahammül etmemiz gerekiyor?" diye sordu dul kadın.

"Bir şeyler yapılmalı," dedi kemancı.

"Bu pek de eğlenceli değil," dedi Aaron. "Hadi dans edelim!"

Kemancı kemanını çıkardı ve çalmaya başladı. Aaron bedenini esnetti, sallandı, ayağa kalktı, bir iki adım attı ve dans etmeye başladı.

Yaşlı kemikleri tıkırdarken, sarı dişleri çatırdayarak birbirine vururken, kel kafası sallanırken ve kolları gevşekçe dönüp dururken – etrafta daireler çiziyordu.

Uzun bacakları tıkırdayarak ve dizkemikleri kütürdeyerek, odanın çevresinde hoplayıp zıpladı. O ölü adam nasıl dans ediyordu! Ama biraz sonra bir kemik gevşedi ve yere düştü.

"Şuna bak!" dedi kemancı.

"Daha hızlı çal!" dedi kadın.

Kemancı daha hızlı çaldı.

Çatır çutur, aşağı ve geri, ölü adam zıplamaya başladı ve kuru kemikleri düşmeye devam etti – öyle böyle parçalar patır patır düşüyordu.

"Çal dostum! Çal!" diye bağırdı dul.

Kemancı çaldı, ölü Aaron dans etti. Sonra Aaron parçalandı, bir kemik yığını hâlinde çöktü –sadece kemancıya sırıtan, dişlerini birbirine çarpan kel kafatası hariç– ve dans etmeye devam etti.

"Şuna bak!" diye inledi kemancı.

"Daha yüksek sesle çal!" diye bağırdı dul.

"Ha, ha!" dedi kafa kemiği. "Eğlenmiyor muyuz?"

Kemancı buna dayanamadı. "Dul," dedi. "Ben eve gidiyorum." Ve bir daha geri dönmedi.

Aile, Aaron'ın kemiklerini topladı ve tabuta geri koydu. Birbirlerine geçmesinler diye de karıştırdılar. Ondan sonra Aaron mezarında kaldı.

Ancak dul eşi bir daha asla evlenmedi. Aaron bundan emin olmuştu.

Martin Gelene Kadar Bekleyelim

Yaşlı bir adam yürüyüşe çıktı. Bir fırtına patlak verdiğinde sığınacak bir yer aradı. Çok geçmeden eski bir eve geldi. Verandaya koştu ve kapıyı çaldı ama kimse cevap vermedi.

Şimdi yağmur şakır şakır yağıyor, gök gümbürdüyor ve şimşek çakıyordu. Bu yüzden kapıyı açmayı denedi. Kilitli olmadığını anlayınca içeri girdi.

Bir tahta kutu yığını dışında ev boştu. Bazı kutuları kırdı ve onlarla ateş yaktı. Sonra ateşin önüne oturdu ve kendini kuruttu. O kadar sıcak ve rahattı ki uykuya daldı.

Uyandığında ateşin yanında siyah bir kedi oturuyordu. Kedi bir süre ona gözlerini dikti. Sonra mırladı. "Bu güzel bir kedi," diye düşündü ve tekrar uyuyakaldı.

Gözlerini açtığında odada ikinci bir kedi vardı. Ama bu bir kurt kadar büyüktü. Yaşlı adama çok yakından baktı ve, "Şimdi yapalım mı?" diye sordu.

"Hayır," dedi diğer kedi. "Martin gelene kadar bekleyelim."

"Rüya görüyor olmalıyım," diye düşündü yaşlı adam. Tekrar gözlerini kapattı. Sonra bir kez daha baktı. Ama şimdi odada *üçüncü* bir kedi vardı, bir kaplan kadar da büyüktü. Yaşlı adama baktı ve, "Şimdi yapalım mı?" diye sordu.

"Hayır," dedi diğerleri. "Martin gelene kadar bekleyelim."

Yaşlı adam ayağa fırladı, pencereden dışarı atladı ve koşmaya başladı. "Martin geldiğinde, ona bekleyemediğimi söyleyin," diye seslendi.

Kanlı Parmaklı Hayalet

Bir işadamı gece geç saatlerde bir otele geldi ve oda istedi. Resepsiyoncu ona otelin dolu olduğunu söyledi. "Tek bir boş oda var," dedi. "Ama onu kiralamıyoruz çünkü hayaletli."

"O odayı alırım," dedi işadamı. "Ben hayaletlere inanmam."

Adam odaya çıktı. Eşyalarını boşaltıp yatağa gitti. Bunu yapar yapmaz dolaptan bir hayalet çıktı. Parmakları kanıyordu ve inliyordu, "Kanlı parmaklar! Kanlı parmaklar!" Adam hayaleti görünce eşyalarını kapıp kaçtı.

Ertesi gece bir kadın geç vakitlerde otele geldi. Yine hayaletli oda dışındaki tüm odalar doluydu.

"Orada uyurum," dedi. "Hayaletlerden korkmuyorum."

Yatağa girer girmez hayalet dolaptan çıktı. Parmakları hâlâ kanıyordu. Hâlâ inliyordu, "Kanlı parmaklar! Kanlı parmaklar!" Kadın bir kez baktı ve kaçtı.

Bir hafta sonra başka bir konuk geç bir vakitte otele geldi. Hayaletli odayı da aldı.

Eşyalarını boşalttıktan sonra gitarını çıkardı ve çalmaya başladı. Az sonra hayalet belirdi. Daha önceki gibi parmakları kanıyordu ve inliyordu, "Kanlı parmaklar! Kanlı parmaklar!"

Adam aldırış etmedi. Gitarını tıngırdatmaya devam etti. Ama hayalet inlemeye, parmakları da kanamaya devam etti.

En sonunda gitarist kafasını kaldırdı. "Sakinleş dostum!" dedi. "Kendine bir yara bandı al."

Notlar, Kaynaklar ve Bibliyografyadaki Kısaltmalar

CFQ: *California Folklore Quarterly* dergisi

HF: *Hoosier Folklore* dergisi

HFB: *Hoosier Folklore Bulletin* dergisi

IF: *Indiana Folklore* dergisi

JAF: *Journal of American Folklore* dergisi

KFQ: *Kentucky Folklore Quarterly* dergisi

MFA: Maryland Halkbilimi Arşivi, Maryland Üniversitesi, College Park, Maryland

NEF: *Northeast Folklore* dergisi

NMFR: *New Mexico Folklore Record* dergisi

NYFQ: *New York Folklore Quarterly* dergisi

PTFS: Teksas Halkbilimi Cemiyeti [Texas Folklore Society] yayını

RU: Derleyici'nin halkbilimi koleksiyonu; Rutgers Üniversitesi, New Brunswick, New Jersey, 1963-1978 yılları arasında öğrencilerinin katkılarıyla hazırlanmıştır

SFQ: *Southern Folklore Quarterly* dergisi

UMFA: Massachusetts Üniversitesi Halkbilimi Arşivi, Amherst, Massachusetts

WSFA: Wayne State Üniversitesi Halkbilimi Arşivi, Detroit, Michigan

Notlar

Atıfta bulunulan yayınlar Bibliyografya'da yer almaktadır.

Sıçratan öyküler (sayfa 9-18): Onlarca sıçratan öykü var ancak bugün sadece ikisi yaygın olarak biliniyor. Biri, 1. Bölüm'de yer alan ve Amerika Birleşik Devletleri'nin güneyinde anlatılan "Ayak Başparmağı". Diğeri ise "Ayak Başparmağı"ndan türetilen "Altın Kol".

"Altın Kol"da bir adam, güzelce işlenmiş altın bir kol takan bir kadınla evlenir. Kadın öldüğünde kolu mezarından çalar, ne var ki kadının hayaleti dönüp onu geri ister. Bu öykünün bazı versiyonlarında adamın çaldığı altın bir kalp, altın saç veya elmas gözlerdir. Ya da doğal bir organdır ki bu genellikle karaciğer veya kalptir ve bu, işe yamyamlığı dahil etse de onu yer.

"Ayak Başparmağı" bir Amerikan öyküsüdür. "Altın Kol" ise Amerika Birleşik Devletleri'nde yaygın olarak anlatılsa da İngiliz ve Alman öncüllere sahiptir. Grimm Kardeşler on dokuzuncu yüzyılın başlarında bunun bir versiyonunu anlattılar ancak masal o dönemden de öncesine dayanıyor.

Mark Twain halka açık performanslarında "Altın Kol"u anlatırdı. İşte bir zamanlar sıçratma cümlelerini söylerken verdiği bazı tavsiyeler. Bu aynı zamanda "Ayak Başparmağı"nın anlatımı için de geçerlidir.

"Mutlaka kederle ve suçlayıcı şekilde feryat etmelisin. ('Altın kolumu kim aldı?') Sonra (duraksarsın, sonra sen) sabit ve etkileyici bir şekilde birinin yüzüne bakarsın... ki tercihen bir kıza – ve bu huşu uyandıran duraksamanın derin bir sessizliğe dönüşmesine izin verirsin. Bu tam olarak doğru süreye ulaştığında ise aniden o kıza doğru atılır ve bağırırsın, "O *sende*!"

"Duraksamanı doğru yaptıysan, kız küçük tatlı bir şekilde viyaklayacak ve sıçrarken ayakkabılarından fırlayacaktır."

Bu sıçratan öyküleri anlatmak için üç yaklaşım vardır.

İkisi 1. Bölüm'de yer alıyor. Üçüncü yaklaşımda hayalet ondan çalınanı aramak için geri gelir. Masum numarası yapan mezar hırsızı hayaletin vücudunun çeşitli bölümlerine ne olduğunu sorar. Hayalet her soruya yanıt verir, "Hepsi pörsüdü ve eriyip gitti." Hırsız cesedin çalınan bölümünden bahsettiğinde hayalet çığlık çığlığa, "O sende!" der. Bakınız Botkin, *American*, s. 502-503; Burrison; Roberts, *Old Greasybeard*, s. 33-36; Stimson, *JAF* 58: 126.

Hayaletler (sayfa 19-28): Hemen hemen her uygarlıkta ölülerin geri döndüğüne dair bir inanç vardır. Çeşitli nedenlerle geri geldikleri söylenir. Hayatları onlara "ayrılan süreden" önce sona ermiştir. Uygun şekilde defnedilmemişlerdir. Bitirmeleri gereken önemli işleri veya yerine getirmeleri gereken sorumlulukları vardır. Birini cezalandırmak ya da intikam almak istiyorlardır. Ya da birini teselli etmek, tavsiyede bulunmak veya affedilmek istiyorlardır.

Bazılarının insan olarak geri döndüğü söylenir. Hatta yaşadıkları zamanlardaki gibi görünebilirler ve tanıştıkları insanlar hayalet olduklarını fark etmeyebilir.

Bu "yaşayan hayaletler" arasında en çok bilinenlerden biri ölü veya kaybolan otostopçudur. Genellikle gece geç saatlerde bir sürücü o kızla karşılaşır. Kız bir sokak köşesinde veya bir yolun kenarında duruyordur ve onu eve bırakmanızı rica eder.

Arabanın arka koltuğunda oturur. Ancak şoför kendisine verilen adresi bulduğunda onun ortadan kaybolduğunu keşfeder. Şoför bunu ailesine bildirdiğinde, genç kızın birkaç yıl önce o gece onu aldığı yerde öldüğünü öğrenir.

2. Bölüm'de yaşayan hayaletler hakkında iki öykü var: "Misafirler" ve "Kil Kadar Soğuk".

Ölen bazı kişilerin hayvan olarak, özellikle de köpek olarak geri döndüğü söylenir. Diğer hayaletler ise ışıksal bir niteliğe sahip olabilir. Ya da bir ateş topu veya hareketli bir ışık olarak görünebilirler. Bir kapıyı çarpma, kilitteki bir anahtarı tıkırdatma veya eşya hareket ettirme gibi yaptıkları eylemlerle ya da çıkardıkları seslerle varlıklarını belli edebilirler.

Tıpkı silah, bot, tüfek, tren ve araba gibi ölümle ilişkili nesnelerin hayaleti olduğu gibi hayvanların da hayaletleri olduğu bildirilmiştir.

İnsan hayaletleri bir insanın yaptığı pek çok şeyi yapar. Yerler, içerler, tren ve otobüslere binerler, piyano çalarlar ve balık tutmaya giderler. Ayrıca gülerler, ağlarlar, bağırırlar, fısıldarlar ve her türlü sesi çıkarırlar.

Bir hayalet yapmak istediği şeyi tamamladığında muhtemelen mezarına geri dönecektir. Ancak bazen bu, hayaletleri "gönderme" veya onları huzura erdirme konusunda deneyimli olabilecek rahip gibi birinin yardımını gerektirebilir.

Bir hayaleti görmek veya duymak isterseniz önerilen yaklaşımlardan bazıları şunlar: Sol omzunuzun üzerinden geriye doğru bakın. Bir katırın kulaklarına bakın. Başka biriyle aynaya bakın. Bir masanın etrafına altı tane beyaz yemek tabağı dizin, sonra öğlen bir mezarlığa gidin ve bir zamanlar orada gömülü olan tanıdığınız birinin adını söyleyin.

Bir hayaletle karşılaşırsanız onunla konuşmanız tavsiye edilir. Böyle davranırsanız her ne yapıyorsa o işi bitirmesine ve mezarına geri dönmesine yardım edebilirsiniz. Bazıları bir hayalete şu şekilde hitap etmenin çok etkili olduğunu söyler: "Tanrı adına (veya Baba, Oğul ve Kutsal Ruh adına), ne istiyorsun?" Kitabı Mukaddes sizi intikamcı bir hayalete karşı koruyacak ve dürüstlüğünüzü kanıtlayacaktır. Ancak çoğu hayalet tehlikeli olarak kabul edilmez. Halkbilimci Maria Leach'in belirttiği gibi, "Genellikle hayalet, zavallı zararsız bir ruhtur... onunla konuşacak ve ona küçük bir iyilik yapacak yeterince anlayışlı ve nazik birini arar." Bakınız Beardsley ve Hankie, *CFQ* 1: 303-36; *CFQ* 2: 3-25; Creighton, s. i-xi; Hole, s. 1-12; Gardner, s. 85; Leach, *Dictionary*, "Revenant" s. 933-34; Leach, *Thing* s. 9-11.

"*Şey*" (sayfa 20): Bu masal bir ölüm habercisini ya da bir ölüm ön uyarısını anlatıyor. Uyarı ortaya çıkan iskelet benzeri bir figürdür, ardından ana karakterleri takip eder. İskelet aslında bir "tayftır", yaşayan bir insanı ölüme bakarken resmeden bir hayalettir. Ancak en sık bahsedilen ölüm habercileri duyulur, görülmez. Kulağa kapının çalınması veya bir saatin vuruşu gibi gelirler. Bakınız Creighton, s. 1-7, 69-70.

"*Hayaletli Ev*" (sayfa 25-27): Hayaletli bir evde bir gece geçirecek kadar cesur olan bir kişinin öyküsü dünya çapında tekrar tekrar anlatılır ve genellikle bu cesareti için ödüllendirilir. Bu öykünün birçok versiyonu mevcut olsa da tema asla değişmez. Bu kitapta bu öykünün dört farklı çeşidi var: "Ben Düğüm Ce-Sur Ölü!", "Hayaletli Ev", "Martin Gelene Kadar Bekleyelim" ve "Kanlı Parmaklı Hayalet". Bu öykü, Tip 326 (korkunun ne olduğunu bilmek isteyen genç) olarak sınıflandırılır. Bakınız Ives, *NEF* 4: 61-67; Roberts, *Old Greasybeard*, s. 72-74, 187; Roberts, *South*, s. 35-38, 217-18.

"*Cenaze Arabası Şarkısı*" (sayfa 31): Birçok yetişkin bu şarkıya aşina olsa da en çok ilkokullarda bilinir. Ama Birinci Dünya Savaşı sırasında, Amerikalı ve İngiliz askerler tarafından söylenen bir savaş şarkısıydı. Bir versiyon şu şekildedir:

"Cenaze arabası yanından geçerken hiç düşündün mü;
Bu günlerde mutlaka ölmen gerektiğini?
Seni büyük bir at arabasıyla götürecekler,
Seni alıp götürecekler ama geri getirmeyecekler.

... Gözlerin düşüyor ve dişlerin dökülüyor
Ve solucanlar ağzının ve çenenin üzerinde sürünüyor;
Ve solucanlar sürünüyor ve solucanlar sürünüyor
Ve kollarınla bacakların parça parça düşüyor."

O zamandan beri kelimeler epey değişti. Solucanlar artık burnunuzda bezik oynuyor. Parmaklarınızın arasında pelte var. Ve iltihap midenizden krema gibi akıyor.

Çocuk seyirciler için daha iğrenç bir şarkı ama o kadar da korkunç değil. Bir akademisyen burada kelimelerin değişimini bir işlev değişikliğine benzetecektir. Birinci Dünya Savaşı sırasında bu şarkı askerlerin hissettikleri korkuyla başa çıkmalarına yardımcı oldu. Bu günlerde çocukların ölümün gerçekliğini doğrulamasına yardımcı oluyor ama hiciv ve mizah yoluyla onlar için gerçekliğini inkâr ediyor.

Bu şarkı eski bir şiir geleneğinin parçasıdır. Ortaçağ boyunca Avrupa ülkelerinde yazılan birçok şiir ölüm ve çürümeyle ilgiliydi. İşte Ortaçağ İngilizcesinden çevrilmiş, on ikinci yüzyıldan kalma bir şiirden bu türde bir dörtlük:

"Belkemiğimde gaddar bir solucan yaşıyor;
Bakışlarım sersemlemiş ve çok donuk;
Bağırsaklarım çürüyor, saçım yeşil.
Dişlerim ortada çok uğursuzca."

O zamanlar bu tür şiirler başka bir amaca daha hizmet etmiş olabilir: İnsanların düşüncelerini bedensel isteklerden öbür dünyaya çevirmek. Bakınız Doyle, PTFS 40: 175-90; "Cenaze Arabası Şarkısı"nın iki Birinci Dünya Savaşı versiyonu için bakınız Sandburg, s. 444.

"*Wendigo*" (sayfa 38-40): Wendigo veya Windigo kuzey ormanlarının korkunç soğuğunu temsil eden dişi bir ruhtur. Kanada'daki orman yerlisi folklorunda ve Amerika Birleşik Devletleri'nin en kuzeyindeki bazı bölgelerde adı geçer.

Bu efsaneye göre Wendigo kurbanları karşı konulmaz bir şekilde çağırarak cezbeder, sonra onları büyük bir hızla tutup götürür, nihayet onları gökyüzüne çeker ve sonra onları bırakır, bir zamanlar ayaklarının olduğu yerde donmuş kütükler kalır. Kurbanlar götürülürken tipik olarak şöyle haykırırlar, "... Alevli ayaklarım, benim ateşle yanan ayaklarım!"

Wendigo'ya karşı tek savunma çağrılan kişiyi zaptetmektir. Ama sonra ruh onu tutan kişi her kimse onu ayartmaya çalışır. Bakınız Crowe, *NMFR* 11: 22-23.

Bazı kuzey kabilelerinin efsanelerinde Wendigo soğuğun ruhu değil, insan eti için öldüren yamyam bir dev olarak yer alır. Ayrıca bazı on dokuzuncu yüzyıl Amerikan Yerlileri istemdışı insan eti yeme dürtüsünden mustaripti, bu hastalığı antropologlar daha sonra "Windigo psikozu" olarak tanımladılar. Bakınız Speck, *JAF* 48: 81-82; Brown, *American Anthropologist* 73: 20-21.

İnanç efsaneleri (sayfa 43-51): 4. Bölüm'deki öykülere inanmak zor değil. Sıradan insanlara odaklanıyorlar. Gerçekdışı görünmeyen olayları anlatıyorlar.

Ancak aynı olaylar ülkenin farklı yerlerinde tekrar tekrar anlatılmaktadır. Ve bu öykülerin izini olayları gerçekten yaşamış kişilere kadar sürmek asla mümkün olmaz. En yakın olanı genellikle olaya karışanları tanıyan birini tanıyan birinin nakletmesidir.

(Bilinen tek istisna ise çıkarılmayan bir cesedin kokusu sindiği için neredeyse yok pahasına satılan son model bir otomobil olan "ölüm arabası" efsanesidir. Halkbilimci Richard M. Dorson öykünün kökenini, olayın 1938'de meydana geldiği Mecosta, Michigan'a kadar takip etti.)

Bu öykülerin çoğu, insanların hayatlarının belirli yönleriyle ilgili kaygılarının bir ifadesidir. Hepsi bu korkuları güçlendiren, etrafında öykülerin inşa edildiği olaylardan ve söylentilerden gelişirler.

Bu modern efsaneler halkbilimciler tarafından "göçebe inanç efsaneleri" olarak tanımlanmaktadır. Geleneksel efsanelerin sıklıkla yaptığı gibi kendilerini tek bir yere bağlamadıklarından "göçebe"dirler. Modern halkbilimi formlarının en güçlüleri arasındadırlar.

4. Bölüm'deki tüm öyküler genç bir insanın karşılaşabileceği

bazı tehlikelerle ilgili inanç efsaneleridir. 3. Bölüm'deki "Bir Kişilik Daha Yer" öyküsü de bir başka inanç efsanesidir. Öykü doğaüstü olaylarla ilgilidir ama Amerika Birleşik Devletleri ve Britanya Adaları'ndaki çeşitli yerlerde anlatılmaktadır.

Bu efsaneler aynı zamanda şiddet, korku, teknolojinin yarattığı tehditler, yiyeceklerin kirliliği, arkadaşlar ve akrabalarla ilişkiler, kişisel utanç ve diğer kaygı kaynaklarıyla ilgilidir.

Söylenti hâlinde yayılırlar ancak bazen medya onları daha da yaygınlaştıran haberler yayınlar. Bakınız Brunvand, *American,* s. 110-12; Brunvand, *Urban American Legends*; Degh, "'Belief Legend,'" s. 56-68.

"Beyaz Saten Gece Elbisesi" (sayfa 47): Bu öykünün iki versiyonu antik Yunanistan'da biliniyordu. Herkül, karısı tarafından düşmanı sentor Nessos'un kanıyla zehirlenmiş bir cüppe giyince ölür. Medea, eski kocası İason'un evlenmeyi planladığı kadın olan Glauke'ye zehirli bir cüppe hediye eder. Glauke cüppeyi denediğinde ölür. Bakınız Himelick, *HF* 5: 83-84.

Kaynaklar

Her başlığın kaynağı, diğer versiyonları ve ilgili bilgileri birlikte verilmiştir. Mevcutsa derleyenlerin(D) ve bilgi verenlerin(B) isimleri yer almıştır.

Alıntı yapılan yayınlar ise Bibliyografya'da açıklanmıştır.

TUHAF VE KORKUTUCU ŞEYLER

s. 8 *"Kilise bahçesinde yaşayan..."*: Prens Mamillius masalını *Kış Masalı*'nda 2. Perde, 1. Sahne'de anlatmaya başlar. Alıntılanan replikler anlaşılır olması için tekrar düzenlenmiştir. Bakınız Shakespeare, s. 1107.

1. "AAAAAAAAAAH!"

s. 11 *"Ayak Başparmağı"*: Amerika Birleşik Devletleri'nin güneyinde yaygın ve geleneksel bir öykü olan *"Ayak Başparmağı"*'nın diğer versiyonlarıdır. Bunları İkinci Dünya Savaşı sırasında ABD Donanması'nda görev yaparken öğrendim. Bilgi kaynağım Virginia ya da Batı Virginia'dan bir denizciydi. Masallar akıldan yeniden anlatılır. Benzerlikler için bakınız Boggs, *JAF* 47: 296; Chase, *American*, s. 57-59; Chase, *Grandfather*, s. 22-26; Kennedy, PTFS 6: 41-42; Roberts, *South*, s. 52-54.

s. 13 *"Yürüyüş"*: (B) Edward Knowlton, Stonington, Maine, 1976. Benzerlik için bakınız "OOO!" sıçratma sözüyle biten bir İskoç masalı olan *"Ma Uncle Sandy"*, Briggs, *Dictionary*, Bölüm A, cilt 2, s. 542.

s. 14 *"Ne İçin Geldin?"*: Amerika ve Britanya Adaları'nda anlatılan bir masalın yeniden anlatımıdır. Bakınız Bacon, *JAF* 35: 290; Boggs, *JAF* 47: 296-97. On dokuzuncu yüzyıl İskoç versiyonu için bakınız "The Strange Visitor", Chambers, s. 64-65.

s. 15 *"Ben Düğüm Ce-Sur Ölü!"*: 1940'ta Herbert Halpert tarafından Bloomington, Indiana'da derlenen bir Kentucky masalının yeniden anlatımıdır. Bilgi veren Bayan Otis Milby Melcher'dı. Dr. Halpert'in masalın transkripsiyonu ve bilgi verenle görüşmesi için bakınız *HFB* 1: 9-11. Öykü "The Rash Dog and the Bloody Head" başlığı altında yer alıyor. Bilgi verenin yayınlanan açıklama önerilerine uygun olarak biraz genişletildi. Sonu da biraz değiştirildi. Orijinal sonda öykü anlatıcısı köpek öldüğünde duraksar ve "BÖÖ!" diye bağırır. Öyküyü dinleyen birkaç çocuk bu sonu yeterince korkutucu bulmadı. On iki yaşındaki Bill Tucker ve Maine, Bangor'dan on iki yaşındaki Billy Green bu değişikliği önerdi. Motif: H. 1411.1 (korku testi: bir cesedin bacadan parça parça düştüğü hayaletli bir evde kalma). İlgili hayaletli ev öyküleri için bakınız Boggs, *JAF* 47: 296-97; Ives, NEF 4:61-67; Randolph, *Turtle*, s. 22-23; Roberts, *South*, s. 35-38. Bu kitapta bakınız "Hayaletli Ev", s. 25-27.

s. 17 *"Leeds'te Yaşayan Bir Adam"*: (B) Tom O'Brien, San Francisco, 1975. Bilgi veren bunu İngiliz babasından yüzyılın başında öğrendi. İngiliz benzeri için bakınız Blakesborough, s. 258.

s. 18 *"Bir Deri Bir Kemik Yaşlı Kadın"*: Amerika ile Britanya Adaları'nda geleneksel bir şarkı ve masaldır. Versiyonları için bakınız Belden, s. 502-503; Chase, *American*, s. 186; Cox, *Folksongs*, s. 482-83; Flanders, 180-81; Stimson, *JAF* 58: 126.

2. BODRUM MERDİVENLERİNDEN GELEN AYAK SESLERİNİ DUYDU...

s. 20 *"Şey"*: Bu ölüm habercisi öyküsü, Helen Creighton'ın *Bluenose Ghosts* adlı kitabında s. 4-6'daki yazdığı bir rivayete dayanmaktadır.

s. 21 *"Kil Kadar Soğuk"*: Bu öykü hem Amerika'da hem de İngiltere'de anlatılmaktadır. İngiliz halk şarkısı olan "The Suffolk Miracle"a dayanmaktadır. Bakınız Child, cilt 5, no 272, s. 66. Öykünün Virginia'da anlatıldığı hâlinin metni için bakınız Gainer, s. 62-63. Motif: E. 210 (ölü sevgilinin kindar dönüşü).

s. 23 *"Beyaz Kurt"*: Bu, Ruth Ann Musick tarafından *The Telltale Lilac Bush ve Other West Virginia Ghost Stories*'te s. 134-35'te nakledilen bir hadisenin yeniden anlatımıdır. (B) Lester Tinned, French Creek, West Virginia, 1954. Motifler: E. 423. 2. 7 (kurt olarak hayalet); E.320 (ceza vermek için ölümden dönüş).

s. 25 *"Hayaletli Ev"*: Richard Chase tarafından *American Folk Tales and Songs*'ta s. 60-63'te bu öykü yer almıştır. 1956 yılından evvel Virginia, Wise County'de derlenmiştir. Anlaşılır olması için kısaltıldı.

s. 28 *"Misafirler"*: Bu öykü birçok yerde anlatılmaktadır. Bir zamanlar Albany, New York çevresinde iyi biliniyordu. Bu kitaptaki versiyonu iki kaynağa dayanmaktadır: Albany bölgesinde büyüyen karım Barbara Carmer Schwartz'ın anımsaması ve Louis C. Jones tarafından yazılan *Things That Go Bump in the Night*'ta, s. 76 -78'de yer alan bir rivayet. Dr. Jones'un bilgi vereni Sunna Cooper'dı.

3. GÖZLERİNİ YERLER, BURNUNU YERLER

s. 31 *"Cenaze Arabası Şarkısı"*: Geleneksel bir şarkının bir versiyonu, Brooklyn. New York, 1940'lar. Versiyonlarının derlemesi için bakınız Doyle, PTFS 40: 175-90.

s. 32 *"Mezarın Üstünde Duran Kız"*: Amerika ve Britanya Adaları'nda iyi bilinen eski bir masalın yeniden anlatımıdır. Diğer versiyonlarda kurban sopa, direk, kriket kazığı, kılıç ve çatalla sabitlenmiştir. Bakınız Boggs, *JAF* 47: 295-96; Roberts, *South*, 136- 37; Montell, 200-201. Motifler: H. 1416.1 (korku testi: gece mezarlığı ziyaret etmek); N.334 (kazara ölümcül sonlu oyun veya şaka).

s. 33 "*Yeni Bir At*": Bu cadı öyküsü tüm dünyada anlatılmaktadır. Bu kitaptaki yeniden anlatımı ise Leonard Roberts tarafından nakledilen, Kentucky dağlarından bir öyküye dayanır. Bu versiyonda karısının bir cadı olduğunu anladıktan sonra yaşlı adam bir silah alır ve onun beynini uçurur. Bakınız Roberts, *Up Cutshin*, s. 128-29.

s. 35 "*Timsahlar*": Bu öykü, Vance Randolph'un *Sticks in the Knapsack*'te s. 22-23'te "The Alligator Story" olarak anlattığı bir Ozark masalına dayanmaktadır. Yazar bunu Ağustos 1939'da, Willow Springs, Missouri'deki yaşlı bir kadından derlemiştir.

s. 37 "*Bir Kişilik Daha Yer*": RU, 1970. Bu efsane, Amerika Birleşik Devletleri ve Britanya Adaları'nda uzun yıllardır anlatılmaktadır. İki versiyonu için de bakınız Briggs, *Dictionary*, cilt 2, s. 545-46, 575-76.

s. 38 "*Wendigo*": Bu Kızılderili masalı aynı zamanda kuzeydoğu Amerika Birleşik Devletleri'nde iyi bilinen bir yaz kampı öyküsüdür. Maine Üniversitesi'nden Profesör Edward M. Ives'ın benim için anlattığı bir versiyondan uyarlanmıştır. Bu öyküyü ilk kez 1930'larda Mahopac, New York yakınlarındaki bir izci kampı olan Camp Curtis Read'e katıldığında duymuş. Bu öykünün edebi bir versiyonu için bakınız İngiliz yazar Algernon Blackwood'un "The Wendigo" s. 1-58, Davenport. Yukarıdaki uyarlamada kullanılan DéFago ismi de bu öyküden alınmıştır.

s. 41 "*Ölü Adamın Beyni*": Öykünün ilk paragrafı, MFA, 1975. Geri kalanı ise o kadar yaygın olarak biliniyor ki özellikle herhangi bir versiyona dayanmamaktadır.

s. 42 "Sepetinizi Taşıyayım mı?" (B) Tom O'Brien, San Francisco, 1976. Bilgi verenin yüzyılın başında İngiliz babasından öğrendiği bir öcü öyküsüdür. Yakın bir versiyonu için bakınız Briggs, *Dictionary*, cilt 1, s. 500. Ayrıca gelip geçenleri kovalayan, durduklarında duran ve koştuklarında koşan bir insan kafatasının antik bir Meksika Yerlisi masalına göz atmak için bakınız Nuttall, *JAF* 8: 122.

4. DİĞER TEHLİKELER

s. 45 *"Kanca"*: Bu efsane bilhassa üniversite kampüslerinde o kadar iyi biliniyor ki bu anlatımı belirli bir versiyonuna dayanmamaktadır. Benzerlikler için bakınız Barnes, *SFQ* 30: 310; Emrich, s. 333; Fouke, s. 263; Parochetti, *KFQ* 10:49; Thigpen, *IF* 4: 183-86.

s. 47 *"Beyaz Saten Gece Elbisesi"*: Bu öykü Amerika Birleşik Devletleri'nin pek çok yerinde, özellikle de Ortabatı'da anlatıldığı bildirilmiştir. Yeniden anlatımı pek çok versiyona dayanmaktadır. Bakınız Halpert, *HFB* 4: 19-20, 32-34; Reaver *NYFQ* 8: 217-20.

s. 48 *"Uzun Farlar"*: Bu yeniden anlatım, Carlos Drake'in IF 1: 107-109'da verdiği bir bilgiye dayanmaktadır. Benzerlikler için bakınız Cord, *IF* 2: 49-52; Parochetti, *KFQ* 10: 47-49. Waverly, Iowa'da derlediğim bir versiyonunda harap bir mahalledeki bir benzin istasyonunda bir kadın benzin almak için durur. Görevli arka koltukta saklanan bir adamı fark eder. Kadının parasını alır ama para üstüyle geri dönmez. Birkaç dakika bekledikten sonra kadın parasını almak için içeri girer. Görevli sonra ona adamdan bahseder, kadın da polisi arar.

s. 50 *"Çocuk Bakıcısı"*: (B) Jeff Rosen, on altı, Jenkintown, Pennsylvania, 1980. Yaygın bir versiyonunda çocuklar yataklarında öldürülmüş hâlde bulunduktan sonra polis saldırganı yakalar. Bakıcı kaçar. Bakınız Fouke, s. 264. 1979 yılında bu temada bir Amerikan filmi olan *Telefondaki Yabancı* gösterime girdi.

5. "AAAAAAAAAH!"

s. 55 *"Can Silici"*: (B) Leslie Kush, on dört, Philadelphia, 1980. Benzeri için bakınız Knapp, s. 247.

s. 56 "Tavan Arası": Derleyicinin anısı. Bir versiyonda avcının ortadan kaybolan iki çocuğu vardır. Onları tavan arasında aramaya karar verir, sonra kapıyı açtığında çığlık atar. Bakınız Leach, *Rainbow*, s. 218-19.

s. 57 "Kaygan Di": UMFA, (D) Andrea Lagoy; (B) Jackie Lagoy, Leominster, Massachusetts, 1972.

s. 58 "Aaron Kelly'nin Kemikleri": Bu öykü 1943'ten önce Güney Carolina kıyılarında derlenen bir masalın yeniden anlatımıdır. Derleyen John Bennett'tı. Masalı "Daid Aaron II" başlığıyla *The Doctor to the Dead*'de s. 249-52'de nakletti. Bilgi verenler ise öyküyü Gullah lehçesiyle anlatan iki siyah kadın olan Sarah Rutledge ile Epsie Meggett idi. Motif: E.410 (huzursuz mezar).

s. 60 "Martin Gelene Kadar Bekleyelim": Amerika Birleşik Devletleri'nin güneydoğusunda ünlü bir geleneksel siyah halk masalının yeniden anlatımıdır. Bazı versiyonlarda kedi Martin yerine "Emmett", "Patience" ya da "Whalem-Balem"i bekler. Bakınız Pucket, s. 132; Cox, *JAF* 47: 352-55; Fauset, *JAF* 40: 258-59; Botkin, *American*, s. 711.

s. 61 "Kanlı Parmaklı Hayalet": WSFA, (D) Ramona Martin, 1973. Bir versiyonunda hayalet bir canavardır ve gitar çalan bir hippi dışında musallat olduğu otel odasını tutan herkesi öldürür. Bakınız Ulach, *IF* 4: 100-101.

Bibliyografya

Gençlerin ilgisini çekebilecek kitaplar yıldızla(*) işaretlenmiştir.

Kitaplar

Beck, Horace P. *The Folklore of Maine*. Philadelphia: J. B. Lippincott Co., 1957.

Belden, Henry M. *Ballads and Songs Collected by the Missouri FolkLore Society*, vol. 15. Columbia, Mo.: University of Missouri, 1940.

Bennett, John. *The Doctor to the Dead: Grotesque Legends & Folk Tales of Old Charleston*. New York: Rinehart & Co., 1943.

Bett, Henry. *English Legends*. London: B. T. Batsford, 1952.

Blackwood, Algernon. "The Wendigo." In Basil Davenport, *Ghostly Stories to Be Told*. New York: Dodd, Mead & Co., 1950.

Blakeborough, Richard. *Wit, Character, Folklore & Customs of the North Riding of Yorkshire*. Salisbury-by-the-Sea, England: W. Rapp & Sons, 1911.

Bontemps, Arna, and Langston Hughes. *The Book of Negro Folklore*. New York: Dodd, Mead & Co., 1958.

Botkin, Benjamin A., ed. *A Treasury of American Folklore*. New York: Crown Publishers, 1944.

———, ed. *A Treasury of New England Folklore*. New York: Crown Publishers, 1965.

———, ed. *A Treasury of Southern Folklore*. New York: Crown Publishers, 1949.

Briggs, Katherine M. *A Dictionary of British Folk-Tales.* 4 vols. Bloomington, Ind.: Indiana University Press, 1967.

Brunvand, Jan H. *The Study of American Folklore.* 2nd ed. New York: W. W. Norton & Co., 1978.

———. *Urban American Legends.* New York: W. W. Norton & Co., 1980.

Burrison, John A. *"The Golden Arm": The Folk Tale and Its Literary Use by Mark Twain and Joel C. Harris.* Atlanta: Georgia State College School of Arts and Sciences Research Paper, 1968.

*Cerf, Bennett. *Famous Ghost Stories.* New York: Random House, 1944.

Chambers, Robert. *Popular Rhymes of Scotland.* London, Edinburgh: W. & R. Chambers, 1870. Reprint edition, Detroit: Singing Tree Press, 1969.

Chase, Richard, ed. *American Folk Tales and Songs.* New York: New American Library of World Literature, 1956. Reprint edition, New York: Dover Publications, 1971.

*———, ed. *Grandfather Tales.* Boston: Houghton Mifflin Co., 1948.

Cox, John H. *Folk-Songs of the South.* Cambridge, Mass.: Harvard University Press, 1925.

Creighton, Helen. *Bluenose Ghosts.* Toronto: Ryerson Press, 1957.

Dégh, Linda. "The 'Belief Legend' in Modern Society: Form, Function, and Relationship to Other Genres." In Wayland D.

Hand, ed., *American Folk Legend, A Symposium.* Berkeley, Cal.: University of California Press, 1971.

Dorson, Richard M. *American Folklore.* Chicago: University of Chicago Press, 1959.

Flanders, Helen H., and George Brown. *Vermont Folk-Songs & Ballads.* Brattleboro, Vt.: Stephen Daye Press, 1932.

Fowke, Edith. *Folklore of Canada.* Toronto: McClelland and Stewart, 1976.

Gainer, Robert W. *Folklore of the Southern Appalachians.*

Grantsville, W. Va.: Seneca Books, 1975.

Gardner, Emelyn E. *Folklore from the Schoharie Hills, New York*. Ann Arbor, Mich.: University of Michigan Press, 1937.

Halliwell-Phillips, James O. *The Nursery Rhymes of England*. London: Warne & Company, 1842.

Harris, Joel Chandler. *Nights With Uncle Remus: Myths and Legends of the Old Plantation*. Boston: Houghton Mifflin Co., 1882.

Hole, Christina. *Haunted England: A Survey of English Ghost-Lore*. London: B. T. Batsford, 1950.

*James, M. R. *The Collected Ghost Stories of M. R. James*. London: Edward Arnold & Co., 1931.

Johnson, Clifton. *What They Say in New England and Other American Folklore*. Boston: Lee and Shepherd, 1896. Reprint edition, Carl A. Withers, ed. New York: Columbia University Press, 1963.

Jones, Louis C. *Things That Go Bump in the Night*. New York: Hill and Wang, 1959.

Knapp, Mary and Herbert. *One Potato, Two Potato: The Secret Education of American Children*. New York: W. W. Norton & Co., 1976.

*Leach, Maria. *Rainbow Book of American Folk Tales and Legends*. Cleveland and New York: World Publishing Co., 1958.

———, ed. "Revenant." *Standard Dictionary of Folklore, Mythology and Legend*. New York: Funk & Wagnalls Publishing Co., 1972.

*———. *The Thing at the Foot of the Bed and Other Scary Stories*. Cleveland and New York: World Publishing Co., 1959.

*———. *Whistle in the Graveyard*. New York: The Viking Press, 1974.

Montell, William M. *Ghosts Along the Cumberland: Deathlore in the Kentucky Foothills*. Knoxville, Tenn.: University of Tennessee Press, 1975.

Musick, Ruth Ann. *The Telltale Lilac Bush and Other West Virginia Ghost Tales*. Lexington, Ky.: University of Kentucky Press, 1965.

Opie, Iona and Peter. *The Lore and Language of Schoolchildren.* London: Oxford University Press, 1959.

———. *The Oxford Dictionary of Nursery Rhymes.* Oxford, England: Clarendon Press, 1951.

Puckett, Newbell N. *Folk Beliefs of the Southern Negro.* Chapel Hill, N.C.: University of North Carolina Press, 1926.

Randolph, Vance. *Ozark Folksongs.* Columbia, Mo.: State Historical Society of Missouri, 1949.

———. *Ozark Superstitions.* New York: Columbia University Press, 1947. Reprint edition, *Ozark Magic and Folklore.* New York: Dover Publications, 1964.

———. *Sticks in the Knapsack and Other Ozark Folk Tales.* New York: Columbia University Press, 1958.

———. *The Talking Turtle and Other Ozark Folk Tales.* New York: Columbia University Press, 1957.

Roberts, Leonard. *Old Greasybeard: Tales from the Cumberland Gap.* Detroit: Folklore Associates, 1969. Reprint edition, Pikeville, Ky.: Pikeville College Press, 1980.

———. *South from Hell-fer-Sartin: Kentucky Mountain Folk Tales.* Lexington, Ky.: University of Kentucky Press, 1955.

Reprint edition, Pikeville, Ky.: Pikeville College Press, 1964.

———. *Up Cutshin and Down Greasy: The Couches' Tales and Songs.* Lexington, Ky.: University of Kentucky Press, 1959.

Reprinted as *Sang Branch Settlers: Folksongs and Tales of an Eastern Kentucky Family,* Pikeville, Ky.: Pikeville College Press, 1980.

Sandburg, Carl. *The American Songbag.* New York: Harcourt, Brace & Co., 1927.

Shakespeare, William. *The Works of William Shakespeare.* New York: Oxford University Press, 1938.

White, Newman I. *American Negro Folk-Songs.* Cambridge, Mass.: Harvard University Press, 1928.

Makaleler

Bacon, A. M., and Parsons, E. C. "Folk-Lore from Elizabeth Cith County, Va." *JAF* 35 (1922):250–327.

Barnes, Daniel R. "Some Functional Horror Stories on the Kansas University Campus." *SFQ* 30 (1966):305–12.

Beardsley, Richard K., and Hankey, Rosalie. "The Vanishing Hitchhiker." *CFQ* 1 (1942):303–36.

———. "The History of the Vanishing Hitchhiker." *CFQ* 2 (1943):3–25.

Boggs, Ralph Steele. "North Carolina White Folktales and Riddles." *JAF* 47 (1934):289–328.

Brown, Jennifer. "The Cure and Feeding of Windigo: A Critique." *American Anthropologist* 73 (1971):20–21.

Cord, Xenia E. "Further Notes on 'The Assailant in the Back Seat.'" *IF* 2 (1969):50–54.

Cox, John H. "Negro Tales from West Virginia." *JAF* 47 (1934):341–57.

Crowe, Hume. "The Wendigo and the Bear Who Walks." *NMFR* 11 (1963–64):22–23.

Dégh, Linda. "The Hook and the Boy Friend's Death," *IF* 1 (1968):92–106.

Dorson, Richard. "The Folklore of Colleges." *The American Mercury* 68 (1949):671–77.

———. "The Runaway Grandmother." *IF* 1 (1968):68–69.

———. "The Roommate's Death and Related Dormitory Stories in Formation." *IF* 2 (1969):55–74.

Doyle, Charles Clay. "'As the Hearse Goes By': The Modern Child's *Memento Mori*." PTFS 40 (1976):175–90.

Drake, Carlos. "The Killer in the Back Seat." *IF* 1 (1968):107–109.

Fauset, Arthur Huff. "Tales and Riddles Collected in Philadelphia." *JAF* 41 (1928):529–57.

Halpert, Herbert. "The Rash Dog and the Bloody Head." *HFB* 1 (1942):9–11.

Himelick, Raymond. "Classical Versions of 'The Poisoned Garment.'" *HF* 5 (1946):83–84.

Ives, Edward D. "The Haunted House and the Headless Ghost." *NEF* 4 (1962):61–67.

Jones, Louis C. "Hitchhiking Ghosts of New York." *CFQ* 4 (1945):284–92.

Kennedy, Ruth. "The Silver Toe." PTFS 6 (1927):41–42.

Nuttall, Zelia. "A Note on Ancient Mexican Folk-Lore." *JAF* 8 (1895):117–29.

Parochetti, JoAnn Stephens. "Scary Stories from Purdue." *KFQ* 10 (1965):49–57.

Parsons, Elsie Crews. "Tales from Guilford County, North Carolina." *JAF* 30 (1917):168–208.

Randolph, Vance. "Folk Tales from Arkansas." *JAF* 65 (1952):159–66.

Reaver, J. Russell. "'Embalmed Alive': A Developing Urban Ghost Tale." *NYFQ* 8 (1952):217–20.

Speck, Frank G. "Penobscot Tales and Religious Beliefs." *JAF* 48 (1935):1–107.

Stewart, Susan. "The Epistemology of the Scary Story." Yazılmakta olan akademik makale, 1980.

Stimson, Anna K. "Cries of Defiance and Derision, and Rhythmic Chants of West Side New York City (1893–1903)." *JAF* 58 (1945):124–29.

Theroux, Paul. "Christmas Ghosts." *The New York Times Book Review* (Dec. 23, 1979):1, 15.

Thigpen, Kenneth A., Jr. "Adolescent Legends in Brown County: A Survey." *IF* 4 (1971):183–207.

Vlach, John M. "One Black Eye and Other Horrors: A Case for the Humorous Anti-Legend." *IF* 4 (1971):95–124.

Teşekkürler

Aşağıdaki kişiler bu kitabı hazırlamama yardımcı oldu:

Maine'de benimle bir ambarın tavan arasında oturan ve bana korkunç öyküler anlatan Kendall Brewer, Frederick Seibert Brewer III ve Shawn Barry.

Doğu Eddington, Maine'deki Camp Roosevelt'te bana korkunç öykülerini anlatan izciler.

Benimle bilgilerini ve bilimsel kaynaklarını paylaşan birkaç halkbilimci, özellikle Pennsylvania Üniversitesi'nden Kenneth Goldstein, Maine Üniversitesi'nden Edward D. Ives ve Temple Üniversitesi'nden Susan Stewart.

Makaleleri ve koleksiyonları önemli bilgi kaynakları olan diğer akademisyenler.

Maine Üniversitesi (Orono), Pennsylvania Üniversitesi ve Princeton Üniversitesi'ndeki kütüphaneciler ile 63. sayfada listelenen halkbilimi arşivleri.

1. ve 3. Bölümlerde müzik notalarını yapan, bibliyografik araştırmaları gerçekleştiren ve başka yollarla katkıda bulunan eşim Barbara.

Her birine teşekkür ederim.

Karanlık Kitaplık Dizisi

1. Uğursuz Bir Şey Geliyor Bu Yana (Ray Bradbury)
2. Uykulu Kuytu Söylencesi (Washington Irving)
3. Melezler (Stephen Graham Jones)
4. Dracula (Bram Stoker)
5. Yüce Tanrı Pan (Arthur Machen)
6. Nantucketlı Arthur Gordon Pym'in Öyküsü (Edgar Allan Poe)
7. Deliliğin Dağlarında (H.P. Lovecraft)
8. Cthulhu'nun Çağrısı (H.P. Lovecraft)
9. Yürek Burgusu (Henry James)
10. İtfaiyeci (Joe Hill)
11. Dokudünya (Clive Barker)
12. Mathilda (Mary Shelley)
13. Yasa Kitabı ve Yalanlar Kitabı (Aleister Crowley)
14. Üç Sahtekâr (Arthur Machen)
15. Dr. Jekyll ile Bay Hyde (Robert Louis Stevenson)
16. Vampir (John William Polidori)
17. Şeytan (Joe Hill)
18. Hareket İblisi (Stefan Grabinski)
19. Golem (Gustav Meyrink)
20. Cehennemlik Yürek (Clive Barker)
21. Carmilla (J. Sheridan Le Fanu)
22. Sonbahar Ülkesi (Ray Bradbury)
23. Sarı Duvar Kâğıdı (Charlotte Perkins Gilman)

24. Cadılar Bayramı Ağacı (Ray Bradbury)

25. Tekinsiz Öyküler (Arthur Conan Doyle)

26. Kara Örümcek (Jeremias Gotthelf)

27. Karanlıkta Fısıldayan (H.P. Lovecraft)

28. Innsmouth'un Üzerindeki Gölge (H. P. Lovecraft)

29. Körler Ülkesi ve Diğer Karanlık Öyküler (H. G. Wells)

30. Karanlık Yazılar (Mary Shelley)

31. Hayalet Öyküleri (M. R. James)

32. Kumadam (E. T. A. Hoffmann)

33. Cehennem Evi (Richard Matheson)

34. Tuhaf Hava (Joe Hill)

35. Viy (Nikolay Gogol)

36. Sapık (Robert Bloch)

37. Boynuzlar (Joe Hill)

38. Tut Ki Bir Rüya Gördün (Charles Beaumont)

39. Dünya Savaşı Z (Max Brooks)

40. Operadaki Hayalet (Gaston Leroux)

41. Halka (Koci Suzuki)

42. Cehennem Atlası (Nathan Ballingrud)

43. Paris'te Bir Kurtadam (Guy Endore)

44. Lanetli Otel (Wilkie Collins)

45. Topraktan Dönenler (Ray Bradbury)